Paul Katsitis

AF186679

Mykonos Crime 3

Tattoo

Paul Katsitis

Mykonos Crime 3
Tattoo

Bisher erschienen in dieser Reihe:

Mykonos Crime 1 Die Bestie von Mykonos
Mykonos Crime 2 Rache
Mykonos Crime 4 Der Drei-Sterne-Mord

Andere Mykonos-Bücher:

Michael Markaris

Mykonos Love Story 1
Mykonos Love Story 2 – Das Goldene Ei
Mykonos Love Story 3 – Morgenröte über Mykonos
Mykonos Love Story 4 – Mykonos Speed
Mykonos Love Story 5 – Rape
Mykonos Love Story 6 – Der rosa Leopard
Mykonos Love Story 7 – Die Rückkehr der Leoparden
Mykonos Love Story 8 – Crash - Absturz
Mykonos Love Story 9 – Der tote Pelikan
Mykonos Love Story 10 – Photia - Feuer
Mykonos Love Story 11 – Der tote Archäologe

Impressum
Titelbild: Wikipedia, Katsitis
Copyright Paul Katsitis 2019
ISBN 9783749408092
Herstellung und Verlag:
BoD - Books on Demand, Norderstedt

Jeder Band behandelt einen abgeschlossenen Fall, sodass die Bände nicht in der Reihenfolge gelesen werden müssen.

Alexandros Nikakis (früher Galis), 35, war leitender Kommissar auf Mykonos.

Angelos Nikakis, 29, war Hauptkommissar in Thessaloniki.
Nach ihrem Kennenlernen beschlossen beide, den Dienst zu quittieren und auf Mykonos eine Bar zu eröffnen. Zugleich sind sie als Privatdetektive tätig.

Für Angelos

1

Gott, ist das heiß!

Warum um alles in der Welt muss man bei 40 Grad Beachvolleyball spielen?

Eric Young bekam schon fast keine Luft mehr. Sein Körper war staubtrocken, der Schweiß hatte sich schon vor einer Stunde verbschiedet. Das Wasser, das er nach jedem Aufschlagwechsel zu sich nahm, schien schon auf dem Weg von der Flasche in seine Kehle zu verdampfen.

Aufschlagwechsel. Oh nein.

Noch mehr Kraftanstrengung.

Er fragte sich, warum sein Mitspieler, Jose Rego, noch immer durch den Sand rannte, ohne jedes Anzeichen von Erschöpfung.

Er lächelte. Er jubelte.

Muss an den brasilianischen Genen liegen, dachte Young.

Jedes der beiden Teams hatte einen Satz gewonnen. Man war im endlos langen dritten Satz. Und der konnte tatsächlich endlos werden. Es ginge solange weiter, bis ein Team zwei Punkte Vorsprung hätte.

Es stand elf zu elf. Kein Ende in Sicht.
Auszeiten brachten Young auch keine
Erleichterung.
Zum Donnerwetter.
Er verstand die Reaktion seines Körpers nicht.
Schließlich stammte er aus Key West und das
war sicherlich keine Polarregion.
Temperaturen wie diese machten ihm sonst
nichts aus. Obwohl durch die Tribünen ein
richtiger Kessel entstanden ist, der jeden
erfrischenden Wind umleitete.
Zwölf zu elf. Quälend langsam näherten sie
sich den fünfzehn Punkten, die das reguläre
Ende der Partie bedeuten würden. Wenn es
nicht in den Tie-Break ginge.
Jose platzierte einen Ball an der Grundlinie
des acht Mal acht Meter großen
gegnerischen Feldes.
Dreizehn zu elf. Noch zwei endlose Punkte.
Young merkte, wie ihm zusehends schwindlig
wurde. Sein Gleichgewichtssinn spielte
verrückt. Nicht zu empfehlen während eines
Beachvolleyballspiels.
Prompt schlug er einen Ball ins Netz.
Ein strafender Blick von Jose war die Folge.
„Was ist denn los mit dir? Reiß dich endlich
zusammen!"

„Lass mich in Ruhe", brachte Young noch mühsam hervor.

Am nächsten Ball des Gegners flog er komplett vorbei. Ausgleich.

„Jose, ich breche gleich zusammen. Du musst das alleine schaffen. Irgendetwas stimmt nicht mit mir!"

Mittlerweile sah auch Jose, dass Eric kreidebleich war.

„Ausgerechnet im Halbfinale. Das darf doch nicht wahr sein!"

Aber Jose Rego wuchs über sich hinaus. Er sprintete über das gesamte Feld, während Eric nur noch den Statisten spielte.

Mit unverschämtem Glück gelangen ihm zwei Netzroller und ein Pressschlag. Das bedeutete den Sieg.

Young bekam vom Fünfzehn zu Dreizehn schon fast nichts mehr mit.

„Schau bloß, dass du bis zum Finale wieder fit bist. Sonst brauchen wir nicht anzutreten", raunzte Jose.

„Als ob ich etwas dafür könnte. Du siehst doch, dass mit mir irgendetwas nicht stimmt!"

„Das ist mir egal. Ich lasse mir das Preisgeld nicht entgehen, nur weil dem Herrn etwas übel ist. Dann pass auf, was du isst. Wer weiß,

was du sonst noch für einen Mist hier treibst.
Doktor und Bett. Und wehe, ich erwische dich
bei irgendetwas anderem!"
Erzürnt stapfte Jose davon.
Du blödes Arschloch. Ohne mich wärst du gar
nicht hier, dachte Young. Ich habe dich bei
dem Turnier in Rio gesehen. Bei den
Amateuren. Und dich zu den Profis geholt.
Jetzt spielt er den großen Macker. Und ohne
Koks kriegt er ohnehin nichts auf die Reihe.
Jose war nur fünf Jahre jünger, das war der
Unterschied.
Young wusste, dass er an der Schallgrenze für
diesen Sport stand. Noch eine Saison
vielleicht. Oder ich höre heuer schon auf.
Wenn ich diesen Tag überlebe. Himmel, ist mir
schlecht.

In Reihe 3 saß ein Zuschauer, der fast genauso
viel geschwitzt hatte wie Eric Young. Aber
nicht wegen der Hitze.
„Das wäre beinahe danebengegangen.
Dieser Idiot hätte alles zerstört", sagte er zu
seinem Nachbarn.
Mit dem Idioten war aber nicht Young
gemeint!

Unter keinen Umständen durfte etwas schiefgehen, dachte der nassgeschwitzte Zuschauer, sonst wäre er geliefert.

Am liebsten wäre er aufs Spielfeld gerannt und hätte Eric Young gestützt. Es war knapp gewesen. Wäre Young kollabiert, hätten sie das Spiel abgebrochen.

Dann wäre auch sein eigenes Leben „abgebrochen". Da war sich der Zuschauer sicher.

2

„Manchmal könnte ich dich umbringen!",
sagte Kriminalkommissar a.D. Alexandros
Nikakis zu seinem Mann.
Der hatte einen Fetisch, der Alex regelmäßig
in die Bredouille brachte und bringt. Er liebt
Sex an ungewöhnlichen Orten, vor allem,
wenn die Gefahr besteht, dass man dabei
gesehen wird. Und es stimmt, Alex´ Ehemann,
Kriminalkommissar a.D. Angelos Nikakis, hatte
zweifelsohne eine exhibitionistische Ader.
Wurden sie erwischt und mussten vor Gericht
erscheinen, so schien es Angelos ein
besonderes Vergnügen zu sein.
Ihr Glück bestand darin, dass Amtsrichter
Markaris mit ihnen gut befreundet war und
das Gesetz so nach allen Seiten bog, bis sie
freigesprochen wurden. Aber ewig würde dies
nicht so weitergehen. Beim Ausflug in das
Riesenrad war es schon knapp.
Und seitdem Angelos´ Dysfunktion,
hervorgerufen durch ein Blutgerinnsel,
behoben war, schien sich dieser Drang noch
verstärkt zu haben.
Als auf dem großen Parkplatz in Ornos eine Art
Jahrmarkt aufgebaut wurde, war Alex
zunächst erleichtert, dass kein Riesenrad

dabei war, aber ein wichtiger Grundsatz von Angelos war, nichts zwei Mal zu tun. Es musste immer ein neuer Thrill sein, eine neue Herausforderung.

Und so hatte er die glorreiche Idee, es einmal mit Sex in der Geisterbahn zu versuchen. Zwar versuchte Alex immer, ihm diese „öffentlichen Auftritte" auszureden, doch hinterher musste er jedes Mal zugeben, dass es doch einen gewissen Reiz hat – und die Liebe frisch hält.

So stand Alex splitterfasernackt im Inneren einer Geisterbahn, deren Haupteigenschaft die Orientierungslosigkeit ist – und natürlich: Dunkelheit.

Wo zum Teufel ist hier der Ausgang?

Als er Schienen erkannte, war er sichtlich erleichtert, was sich jedoch schlagartig änderte, als er sah, wie sein ebenfalls nackter Ehemann sich zwar auch an den Schienen orientierte, offensichtlich jedoch in die falsche Richtung.

„Angelos, wir müssen hier lang", schrie er noch, als schon die Scheinwerfer des ersten Wagens zu sehen waren. Trotz der Dunkelheit konnte Frau Stavrakis, die mit ihrem übergewichtigen Enkel unterwegs war, deutlich ihren nackten Nachbarn erkennen.

Ausgerechnet die Stavrakis, die Angelos schon einmal angezeigt hatte. Und der war durch die Lichter so geblendet, dass er einfach stehenblieb. Im zweiten Wagen saß ausgerechnet Dimitri. Der 19-jährige Sohn eines Restaurantbesitzers aus Ornos, der unsterblich in Angelos verliebt war. Nun hat er ihn wenigstens einmal nackt gesehen, dachte Alex. Dimitri würde vor Aufregung nicht schlafen können.

„Hierher, Angelos!", rief Alex.

Da endlich setzte sich Angelos in Bewegung.

„Wo zum Teufel sind unsere Klamotten?", fragte er.

„Keine Ahnung", erwiderte Alex.

„Wir müssen raus hier. Wir nehmen einfach zwei von den schwarzen Stoffbahnen, die hier überall hängen!" Sprach's und riss zwei der Tücher herunter, in die sich die zwei Kommissare einpackten und die Geisterbahn verließen. Noch hinter der Bahn konnte man das Gekeife der alten Stavrakis hören, die offensichtlich dem Besitzer klarmachen wollte, dass echte und vor allem nackte Männer in seiner Bahn Unzucht trieben.

Der wiederum versicherte ihr, dass bei Figuren aus Pappmaché Erektionen durchaus selten sind. Da Frau Stavrakis´ Erfahrung mit

Erektionen sich auf ihren Mann beschränkte und auch das nur maximal einmal im Monat – und auch das nur in den ersten Jahren – war ihr dies nur schwer zu vermitteln.

Als die zwei Kommissare, gehüllt in ihre schwarzen Tücher, die Haustüre zuschlugen, brach Angelos in schallendes Gelächter aus.

„Lach nicht zu früh. Die alte Schachtel hat dich bestimmt erkannt", sagte Alex.

„Und wenn, die Verhandlung wird bestimmt ein Lachschlager!"

„Aber irgendwann wird es auch dem Richter zu viel", erwiderte Alex.

„Und dass Dimitri dich nackt gesehen hat, finde ich nicht witzig. Der kann jetzt bestimmt tagelang nicht schlafen."

„Nun sag nicht, es habe dir nicht gefallen!"

„Aber natürlich. Wer möchte nicht von King Kong genommen werden!", sagte Alex lachend.

Und hoffend, dass zumindest dieser Ausflug nicht vor Gericht endet.

3

Enzo Farnese tobte.

Seine gesamte Entourage ging in Deckung.

„Was heißt, die Kartengeber sind noch nicht da?", brüllte er.

„Sie sollten gestern kommen, aber die Arbeiter in der Ukraine streiken für höhere Löhne."

„Herrgott, dann flieg rüber und drück jedem Hundert Dollar in die Hand. Oder schick einen Schlägertrupp", brüllte Enzo seinen Adlatus Frank an.

„Das sollten wir nicht tun. Sonst werden die im Gegenzug unseren Änderungswunsch bei der Software öffentlich machen."

Es war zum Haare raufen.

Da stand das neueste Casino am Mittelmeer vor ihm, alles war fertig – nein, eben nicht alles. Die Maschinen aus der Ukraine waren nur ein Problem. Das hypermoderne Überwachungssystem hatte noch seine Tücken. Die Gesichtserkennung – essentiell für ein Casino – funktionierte nicht richtig.

Probleme über Probleme.

Sicher, der Bau verlief erstaunlich schnell und reibungslos. Hauptsächlich deshalb, weil alle

Arbeiter aus dem Osten kamen und dankbar für jede Bezahlung waren.

Aber für die Kartengeber benötigte man nun einmal genau diese eine Firma. Und die Gesichtserkennung war eine chinesische Domäne. Vor allem: jeder Ersatz wäre nicht kompatibel mit dem Rest des Systems.

Enzo seufzte.

„Mach Druck, Frank. Egal, wie. Ich teile dem Bürgermeister mit, dass sich die Eröffnung verzögert. Und dann werde ich London anrufen müssen."

Hoffentlich schicken die mir nicht gleich einen Killer auf den Hals.

Es könnten acht Wochen Verzögerung werden, dabei waren sie schon vier Monate hinter Plan.

Und solange bekäme auch er kein Geld.

Enzo lächelte.

Wenn er nicht einen glorreichen Einfall gehabt hätte. Der würde ihn flüssig halten.

4

„Meine Herren, bitte beruhigen Sie sich doch!", schrie Bürgermeister Christeas.
Doch dies lag nicht in der Natur eines Mitglieds des Hotelverbandes auf Mykonos.
„Hyänen", sagte Alex immer und er musste es wissen, denn schließlich war er fünf Jahre lang Polizeichef und Kommissar auf der Insel.
Bis er – zusammen mit Angelos – beschloss, den Dienst zu quittieren. Um eine Bar zu eröffnen und als Privatdetektive tätig zu werden. Mehr Ruhe und weniger Gefahr war beider Ziel. Der Bürgermeister sparte die Kommissarstelle einfach ein und beauftragte bei Kapitalverbrechen die zwei Ex-Kommissare mit den Ermittlungen. Das, was man heutzutage mit dem schrecklichen Wort „Win-Win-Situation" beschreibt.
Bei den bisherigen drei Fällen hatte sich das System hervorragend bewährt. Zumindest aus Sicht des Bürgermeisters. Alex musste jedoch eingestehen, dass von „weniger Gefahr" keine Rede sein konnte.
Mordermittlungen sind auch für Ermittler gefährlich. Am Gefährlichsten war es bisher für Angelos.
Der, das musste Alex unumwunden zugeben,

war eindeutig der bessere Ermittler. Im Grunde genommen auch kein Wunder.

Denn er war „vor Alex" Kommissar in Thessaloniki, einer Millionenstadt, in der schwerste Straftaten auf der Tagesordnung stehen.

Und wäre er nicht gut in seinem Job, so wäre er nicht mit 29 Jahren Hauptkommissar geworden. Er konnte bei einer aufgeschlitzten Kehle sofort erkennen, ob der Täter Rechts- oder Linkshänder und wie groß er war. Der Pathologe hielt dies für Arroganz, aber es war schlicht ein Informationsvorsprung.

Was Alex zu bieten hatte, war sein Beziehungsgeflecht auf der Insel. Jeder schien ihm irgendetwas schuldig zu sein. Da fanden Zimmerdurchsuchen ohne richterliche Genehmigungen und Verhaftungen ohne Haftbefehle statt, was Angelos zunächst fassungslos machte. Doch er hatte gelernt, dass dieses „System Mykonos" seine Vorteile hatte.

Zum „System Mykonos" gehörten aber auch diese Aasgeier von Hoteliers, die den Rachen nicht voll bekamen. Für viele Zimmer wurden vollkommen überzogene Preise verlangt, im Juli und August verloren sie jeden Bezug zur Realität. Aber solange Mykonos den Ruf einer

„Partyinsel" hatte oder als „Insel der Reichen und Schönen" galt, war keine Änderung in Sicht. Schon gar nicht, seitdem viele Deutsche die Türkei meiden.

Die Herren um den Tisch verdienten sich eine goldene Nase, bezahlten aber ihren Angestellten, vor allem in der Küche, Hunger-löhne. Griechen arbeiteten dort ohnehin keine. Bulgaren, Ukrainer und Schwarzafri-kaner, was es nicht besser machte.

„Sagen Sie mir doch erst einmal, Herr Bürgermeister, was diese zwei Hobby-Polizisten hier zu suchen haben", wetterte Trappani, der mit Alex noch eine Rechnung offen hatte. Der war schon aufgesprungen, als ihn Angelos wieder herunterzog.

„Sie wissen ganz genau, dass die beiden Herren die eigentliche Polizei darstellen. Und das sehr erfolgreich. Und vor allem diskret. Mit dem eingesparten Geld konnte unter anderem die Zufahrtsstraße zu Ihrem Hotel gerichtet werden oder täusche ich mich da?", antwortete Bürgermeister Christeas.

Alex beruhigte sich – kurzzeitig.

Da Trappani abgeblitzt war, griff er in die Kiste mit den unappetitlichen Dingen.

„Nebenbei frage ich mich, ob es auch einem Vertretungskommissar gut zu Gesicht steht, wenn er vollkommen nackt ältere Damen erschreckt und hinterher behauptet, er habe ihnen ‚gewunken'!"

„Erstens wurde ich freigesprochen, zweitens weiß ich nicht, was dieses Thema hier zu suchen hat und drittens winke ich, wem ich will und mit was ich will", gab Angelos ruhig zu Protokoll.

„Sie sollten das mal üben mit dem Winken!", fügte er hinzu.

„Aha. Sie finden es also als normal, mit dem Geschlechtsteil zu winken?", fragte Trappani.

„Warum nicht? Voraussetzung ist natürlich, dass man noch eine Erektion bekommt", war Angelos Antwort.

Im Protokoll stand dann „Tumult".

„Ruhe im Saal. Herrgott. Wie im Kindergarten. Trappani, sie unterlassen es in Zukunft, hier Äußerungen über Nikakis´ Sexualleben zu tätigen, und Sie, Nikakis, winken in Zukunft mit dem Arm. Die andere Variante heben Sie sich für zuhause auf", brummte Christeas.

„Das kann ich ihnen nicht versprechen", meinte Angelos lächelnd, was ihm einen Tritt von Alex und einen bösen Blick des Bürgermeisters einbrachte.

„Zurück zum eigentlichen Thema. Die Eröffnung des Casinos verzögert sich nochmals um vier Wochen. Sie haben Probleme mit der Technik. Keine gute Nachricht!"

Da war Alex dezidiert anderer Meinung.

„Waaaas?", schrie Trappani. „Sind die denn wahnsinnig? Ich habe Hunderte von Gästen, die extra zur Eröffnung gebucht haben und bei den Kollegen sind es sicher auch nicht gerade wenige!"

„Dann hätten Sie halt nicht damit werben sollen", sagte Angelos bewusst provozierend.

„Halten Sie die Klappe!"

Bei den Gästen würde es einen Aufstand geben. Köstlich.

„Ruhe jetzt, Trappani. Es reicht. Sind Sie Experte für chinesische Gesichtserkennungssoftware? Nein. Also. Diskussion beendet."

5

Jose Rego war bester Laune. Die Nacht hatte er mit irgendeiner dunkelhäutigen Schönheit verbracht – Haile? Rachel? – er wusste es nicht mehr.
Er liebt seinen Sport auch deswegen.
Es herrschte garantiert kein Mangel an schönen Frauen und Sex. Und gut verdienen kann man auch. Das Turnier war mit 50.000 Euro dotiert, hinzu kamen lukrative Werbeverträge, denn Beachvolleyball war einfach „in".
Für ihn war es ursprünglich ein Traum. Er stammte aus einem der Slums von Rio, den Favelas. Schnell war klar, dass Jose ein Ausnahmetalent im Volleyball war. Da es an Hallen in Brasilien mangelt, wurde die Strandversion immer beliebter und die Welle schwappte in die USA und dann auch nach Europa.
Und auf dieser Welle spülte es Jose Rego nach Key West zu Eric Young, der ihn unter seine Fittiche nahm, ihm die Feinheiten beibrachte. Damals war Jose ein bettelarmes Straßenkind – und jetzt? Ein Star in seinem Sport. Jung und erfolgreich. Bei Eric hingegen hieß es: erfolgreich und alt. Er hatte sich nicht

weiterentwickelt, eher sogar nachgelassen. Und die Altersgrenze rückte näher, im Beach-volleyball mit grausamer Geschwindigkeit. Hatte Eric anfangs ihn mitgezogen, so war nun er es, der den Amerikaner pushen musste. Der Schüler überholt den Lehrer. Die Unerbittlichkeit der Zeit.

Jose Rego würde sich von Eric trennen, am Ende der Saison. Er würde es gerne schon während der Serie tun, aber das ging nach dem Reglement nicht und die Medienwirkung wäre auch nicht gut.

Menschlich wäre es Jose vollkommen egal. Er war ein Straßenkind. Friss oder stirb. Das Leben ist ein Kampf.

Und dann geht es noch um eine Menge Geld. Er lebte davon – und das nicht schlecht in den letzten Jahren. So residierten die Spieler alle im Myconian Spa, Luxusklasse.

Zwei Mal war es in dieser Saison schon heikel gewesen. Eric hatte zusehends Aussetzer und körperliche Probleme. Es war ein Wunder, dass sie überhaupt ins Finale gekommen waren.

Nein, es war eine Glanzleistung von ihm, Jose. Alleine gegen zwei, denn Alex stand nur noch zur Dekoration da.

Deswegen war Jose unterwegs zu Eric. Er musste diesem Versager in den Schädel einhämmern, sich zusammenzureißen. Leider gab es auch im Beachvolleyball mittlerweile Doping-Kontrollen, sonst hätte Jose ihm mit Kokain auf die Sprünge geholfen. Seine besten Spiele in Brasilien hatte Jose unter Kokain abgeliefert. Man springt höher und weiter. Nun, dieses Mittel fiel flach.

Er ging die Treppe hoch in Erics Stockwerk. Sie beide hatten vom anderen die Keycards, weil die Analysedaten auf beiden Tablets gespeichert waren.
Straßenkind wie er war, rumpelte ins Zimmer, ohne anzuklopfen.
Das durfte nicht wahr sein. Kurz vor Mittag waren die Gardinen noch zugezogen.
Was denkt sich dieser Idiot eigentlich?
Er hätte schon eine Runde Joggen hinter sich haben sollen.
„Hör zu, du Arschloch. Ich habe keine Lust, wegen dir das Finale zu verlieren. 50.000 sind eine Menge Kohle, also schwing deinen Arsch aus dem Bett!"
Nichts regte sich.
Wahrscheinlich hatte er wieder irgendeinen Stricher die Nacht bei sich gehabt, wie schon öfters. In Key West hatte er schnell gemerkt, dass Eric nicht aufs andere Geschlecht stand

und Jose wusste, wegen welcher Eigen-
schaften er auserwählt wurde. Später hatte
Jose Eric klargemacht, dass er seine Hände
von ihm lassen sollte und Eric hatte sich daran
gehalten, denn jetzt war es Eric, der auf Jose
angewiesen war. Er wurde ein Top-Spieler.
Jetzt aber verließ Jose die Geduld.
„Steh auf, du blöde Schwuchtel oder ich
prügle dich raus!"
Keine Reaktion.
Jose zog das Betttuch herunter.
Da lag er, zeigte aber keine Reaktion. Und
seine Haut hatte eine seltsame Farbe.
Als Jose den Puls fühlen wollte, erschrak er.
Eric war eiskalt. Tot.
Er musste sich setzen.
Er trauerte nicht um seinen Mitspieler.
Er trauerte um die 50.000 Euro.

6

Enzo Farnese hatte sich beruhigt. Zwar hatten seine Financiers in London getobt, aber letztlich gelang es ihm, deren Zorn auf die „chinesischen Hurensöhne" und „faule Ukrainer" zu lenken.
Die Gefahr für ihn war gebannt.
Aber er musste jetzt liefern. Unendlich würde die Geduld der Herren nicht sein.

Der Bau des Casinos war die logische Folge einer monströsen Fehlplanung der Achtziger Jahre. Als Griechenland der EU beitrat, flossen großzügig Gelder auch nach Mykonos. Für durchaus lohnende Objekte wie die Umgehungsstraße und den neuen Hafen.
Leider hatte man auch die Idee, die Insel künstlich zu vergrößern. Zwischen Altstadt und Hafen betonierte man eine Bucht zu, um darauf eine Art zweite Altstadt zu errichten. Man versprach sich Zusatzeinnahmen und gleichzeitig eine Entlastung der vollkommen überfüllten Innenstadt.
Und dann ging das Geld aus. Zuviel war in dunklen Kanälen verschwunden und als man die Versorgungsleitungen und Gebäude bauen wollte, stellte man fest: nichts mehr da.

So stand sie nun da. Diese monströse Beton-
konstruktion mitten im Meer, eine Beleidigung
für die Augen.

Nach Jahren kamen dann die berühmten
Investoren und wurden wie die Messiasse
empfangen. Sie wollten auf dem Schandfleck
ein Casino errichten, schön im griechischen
Stil und so, dass es sich gut einfügt in die
Landschaft.

Aufgrund der ebben Kassen während der
Krise gab es wenig Widerstand auf der Insel.
Im Gegenteil. Für die Reichen und Schönen
war es eine zusätzliche Attraktion, die Myko-
nos auf eine Stufe mit Monaco, Nizza oder
Marbella hieven würde.

Neue, finanzkräftige Besucher kämen nach
Mykonos.

Vereinzelte Stimmen, damit werde man zum
Paradies für Geldwäsche, wurden mundtot
gemacht – mit dem Totschlagargument: den
Arbeitsplätzen. Dass das Geld für den Bau
selbst gewaschenes Geld war, ahnte man
zwar, aber man verdrängte es.

Und so wurde zügig gebaut.

Zu den wenigen, die lautstark dagegen
wetterten, waren die Ex-Kommissare Nikakis.
Man hole sich damit nicht die „besseren
Gäste", sondern die „zwielichtigen Gäste".

In deren Schlepptau würden noch unange-
nehmere Gestalten auf der Insel auftauchen.
Zudem wisse jeder, dass eine Spielbank
praktisch der einzige Platz ist, wo man noch
straffrei Geld waschen kann. Da das
„Waschen" in der Regel 50% der Summe
verschlingt, konnte man auch Verluste im
Casino problemlos verkraften. Der Bürger-
meister meinte lapidar zu Angelos:
„Und außerdem würden auch Sie selbst
profitieren. Käme es tatsächlich zu einem
Gewaltverbrechen, so würden Sie den
Auftrag zur Aufklärung erhalten. Und damit
Geld verdienen, eine klassische..."
„. Win-Win-Situation", ergänzte Angelos
kopfschüttelnd.
Idiotenpack.
„Da hast du keine Chance. Die haben alle
das Dollar-Zeichen in den Augen", meinte
Alex.
„Und für uns heißt das: mehr Ärger und mehr
Gefahr. Und genau das wollten wir unbedingt
vermeiden. Da hätten wir auch bei der Polizei
bleiben können", sagte Angelos.
„Für 900 Euro im Monat?", fragte Alex.
Angelos lächelte.
„Du hast recht. Unsere Honorare sind höher.

Nicht gerechnet die 200.000 Euro, die du beim Bestienfall konfisziert hast. Sozusagen treuhänderisch für den Staat. Das ist schon eine komplett irre Insel", meinte Angelos und schüttelte den Kopf.

„Als ob in Thessaloniki alles nach dem Buchstaben des Gesetzes von statten gehen würde. Und: wir haben 50.000 von dem Geld dem ‚Verein für Missbrauchsopfer' gestiftet. Eine gute Tat in jeder Hinsicht, mein kleiner Pfirsich!"

„Ich kann dir nicht versprechen, dass ich mich an diesen Kosenamen gewöhnen werde", knurrte Angelos.

„Tja, du hast es hoch und heilig versprochen, als …"

Angelos hob die Hand.

„Ja. Kapiert. Immer noch besser als ‚Hasi' oder ‚Schnuckel'!"

Angelos Handy brummte.

Es war ein kurzes Telefonat. Jonas, der „Quasi-Polizeichef", musste auf Anweisung des Bürgermeisters einen Toten melden.

Es sei ein Volleyball-Spieler im „Myconian Inn". Nähere Informationen gab es nicht.

Jonas sähe nichts lieber, als dass Alex und Angelos scheitern würden.

„Alex! Ein Toter im Myconian!", rief Angelos.
„Darf doch nicht wahr sein. Gerade hatte ich mich hingelegt", knurrte Alex.
„Unser Geld reicht nicht ewig. Ein wenig arbeiten müssen wir schon noch", entgegnete Angelos.

7

„Du bringst uns noch um", schrie Alex gegen den Motorenlärm an. Er hasste die Serpentinen hinunter nach Elia. Es ist einer der schönsten Strände von Mykonos. Aber eben mit einer Zufahrtsstraße, die schon manchen ins Jenseits geschickt hat.

Angelos hingegen genoss es, den Wagen in den Kurven driften zu lassen. Es staubte, es qualmte, es war laut.

In einer der Kurven kam ihnen ein Polizeiwagen entgegen. Jonas. Er sah mit geweiteten Augen, wie Angelos den Wagen gerade noch rechtzeitig nach rechts ziehen konnte und fuchtelte dann mit der Faust.

„Der Herr Polizeichef verlässt den Tatort, ohne auf uns zu warten. Das gibt´s doch nicht", blaffte Alex.

„Wahrscheinlich wollte er sich dein ‚Verpiss Dich' ersparen", meinte Angelos und grinste. „Und außerdem ist es kein Tatort, zumindest jetzt noch nicht. Keine äußeren Anzeichen!"

Vor dem Hotel wartete Hoteldirektor Charisteas, sichtlich erbost.

„Wer bitte sind Sie denn? Die Polizei war gerade hier!"

„Wohl kaum", sagte Alex und zeigte Charisteas die Vollmacht des Bürgermeisters.
„Das darf doch nicht wahr sein. Nochmal der gleiche Trubel!"
Er warf die Hände in die Höhe.
„Nein. Noch viel mehr. Es kommt noch die Pathologie und der Bestatter. Wir können aber den Bestattern sagen, sie sollen mit dem Sarg einmal quer über den Strand laufen. Das wäre mir ein 50er wert", sagte Angelos lapidar.
„Du wirst mir immer ähnlicher", murmelte Alex.
„Das färbt halt ab", gab Angelos zurück.
„Zimmernummer 533, Eric Young, Volleyball-Spieler. Sein Partner ist oben."
Alex pfiff, als sie durch die Lobby gingen. Hier war wirklich nicht gespart worden.
Im fünften Stock sah alles normal aus, bestimmt auf Anweisung des Direktors.
Hoffentlich hatte er nicht auch noch das House-Keeping vorbeigeschickt.
Da Tote auf Benehmen wenig Wert legen, ging Alex einfach zur Türe herein. Dort saß ein gutaussehender, dunkelhäutiger Mann in einem Sessel. Auch Angelos war anzusehen, dass ihm das Gesichtete durchaus gefiel.
„Und Sie sind?", fragte er.

„Jose Rigo. Ich bin, nein, war sein Partner. Ein Team. Beachvolleyball. Wir wollten Sonntag zusammen das Finale spielen. 50.000 Euro!"
Na, der ist wenigstens ehrlich. Sein Partner war ihm vollkommen egal.
„Die kann ich jetzt wohl abschreiben", sagte Jose und ließ den Kopf hängen.
„Was ist passiert?", fragte Angelos.
„Passiert? Nichts ist passiert. Ich kam zur Türe rein und wollte ihn an sein Trainingsprogramm erinnern. Als er nicht reagierte, zog ich die Decke weg und da lag er. Kalt und kein Puls!"
„Sie haben sonst nichts angefasst?", fragte Alex.
„Ich nicht, aber der andere Bulle!"
Jonas. Dieses Riesenarschloch. Kontaminieren des Tatortes war seine Spezialität. Unter anderem, um Alex und Angelos eine reinzuwürgen.
„Gut. Sie sind ja ohnehin vor Ort wegen des Turniers", meinte Angelos.
„Nein. Das Turnier ist für mich beendet. Aber die Frauen sind nicht zu verachten hier. Deswegen bleibe ich solange, wie bezahlt ist", entgegnete Jose.
„Noch eine Frage. Ist Ihnen etwas an Eric aufgefallen in den letzten Wochen?", fragte Alex.

„Außer, dass er immer schlechter wurde und beinahe das Halbfinale vergeigt hat – nein. Sobald es ernst wurde, bekam er Schwindel-anfälle und Sehstörungen – und dann segelte er an jedem Ball vorbei!"

Joses Trauer hielt sich wirklich in Grenzen.

„Ein Freund fürs Leben", meinte Angelos, nachdem Jose gegangen war.

„Aber sehr attraktiv!"

Alex holte schon tief Luft, als Angelos sagte:

„Reg dich ab. Der ist 100% hetero, also."

Und Alex regte sich ab.

8

Da Chefarzt und Pathologe Dr. Dimitriadis noch eine Operation hatte, dauerte es eine Stunde, bis er in Elia eintraf.

Die Zeit nutzten die Kommissare für ein kleines Sonnenbad und schauten Jose beim Beachvolleyball zu. Zwei offensichtlich skandinavische Mädchen hatte er wohl überreden können. Die hatten zwar noch nie einen Volleyball in der Hand gehabt, aber das spielte keine Rolle.

„Mir drängt sich der Eindruck auf, dass es bei dieser Sportart mehr um das Wippen der Körperteile geht. Und das gefällt offensichtlich allen. Männlein wie Weiblein, hetero und schwul", sagte Alex.

Angelos lachte. „Da gibt es noch mehr Sportarten! Und unser Jose hat den Tod seines Partners offenbar schon vergessen.

Denn der hüpfte über das Feld und lachte.

„Verdächtig?", fragte Alex.

„Nur wenn es ein Mord war. Und selbst dann wäre es zu auffällig. Der ist einfach nur gierig und selbstverliebt!", antwortete Angelos.

Dimitriadis traf ein und begutachtete die Leiche.

„29 und Sportler? Ungewöhnlich, aber bestimmt kann unser Superbulle uns das schlüssig erklären", meinte er sarkastisch. Angelos hatte den Fehler begangen, bei manchen Begutachtungen mehr zu entdecken als der Chefarzt. Mehr wissen als ein Mediziner? Die höchste Stufe der Beleidigung.

„Dann machen Sie das mal mit Alex. Hat mich gefreut", knurrte Angelos und ging.

Nach zehn Minuten war Dimitriadis auch nicht schlauer.

„Einen plötzlichen Herztod gibt es zwar bei Sportlern mitunter, aber bisher nur bei anderen Sportarten. Stellt sich die Frage: Todesschein ausstellen oder Obduzieren?", sagte Dimitriadis.

„Obduzieren in Athen. Zahlen wir!", entgegnete Alex.

„Ah. Wahrscheinlich hat Ihr Gatte wieder einen Geistesblitz!"

„Kann schon sein", sagte Alex grinsend.

„Nun, dann lasse ich unsere Leiche mal nach Athen bringen."

Alex ging hinunter in die Lobby und schaute draußen nach Angelos. Nirgends zu sehen. Er ging hinunter an den Strand und sah ihn beim Volleyballspielen – mit Jose.

„Seit wann spielen wir mit Verdächtigen Ball?", fragte Alex.

„Wieso Verdächtigen?"

„Warum wolltest du sonst eine Obduktion?", fragte Alex.

„Ich wollte keine. Wie kommst du darauf?", entgegnete Angelos.

„Du hast mir doch zugezwinkert!"

„Nein. Mich hat die Sonne geblendet!" Angelos lachte. „Macht nichts. Die 4.000 zahlen wir … du weißt schon!"

Alex war überrascht. Zum ersten Mal hatte er seinen Mann falsch verstanden.

Angelos und Jose spielten weiter. Und man merkte, dass Angelos Erst Ende Zwanzig war. Er schlug sich gut.

„Sie sind gut", meinte Jose anerkennend.

„Geht so. Ich habe vor drei Jahren mal einen Sommer gespielt. Aber als Amateur", antwortete Angelos.

Dennoch gewann Jose das Spiel.

„Könnten wir morgen Mittag ein wenig spielen? Ich habe keinen Partner mehr und muss im Training bleiben. Und Sie wären ideal!"

„Klar, warum nicht? Schadet meiner Kondition bestimmt nicht!", antwortete Angelos, nun doch ein wenig außer Puste.

Er setzte sich neben Alex in den Sand und küsste ihn.

„Ach, Sie sind …?"; fragte Jose.

„Ja, bin ich. Mein Mann, Alex!"

„Hallo! Kein Problem. Eric war auch schwul, allerdings ohne Partner. Dafür hätten wir auch keine Zeit gehabt. Immer auf Achse!"

„Sie hatten also …", aber weiter kam Alex nicht.

„Garantiert nicht. Das hatten wir von Anfang an klargestellt. Deswegen gab es auch keine Probleme. Also keine Beziehungstat", sagte Jose grinsend und ging.

Angelos warf Alex in den Sand, setzte sich auf ihn und beugte sich nach vorne.

„Du hast dich vorhin nicht getäuscht. Ich wollte tatsächlich eine Obduktion. Kann ich aber vor Jose kaum zugeben!"

„Na Gott sei Dank. Ich dachte schon, ich kann in deinem Gesicht nicht mehr lesen. Aber ich dachte, er kann nicht der Täter sein!"

„Dennoch muss man nicht alles hinaus-posaunen. Und weil ich gerade sehr unbequem auf etwas sitze: sollten wir nicht kurz in die Dünen?"

Alex lachte.

„Gute Idee. Morgen müssen wir ohnehin zum Richter. Da kommt es jetzt auch nicht mehr darauf an!"
Aber wenigstens dieses Mal blieben sie unbeobachtet.

9

„Himmel! Schon wieder ihr", lautete die
Begrüßung durch Amtsrichter Mantzaris.
Der Gerichtssaal nebenan war überfüllt. Die
Verhandlungen von Mantzaris galten schon
bei Normalfällen als höchst unterhaltsam.
Verfahren gegen die Herren Nikakis jedoch
waren der „Super-Bowl" des Justizjahres.
Da es auch noch die Fortsetzung der
Auseinandersetzung mit Frau Stavrakis war,
hätte Mantzaris die Tickets zu Höchstpreisen
verkaufen können.
„Könnt ihr nicht wie normale Ehepaare keinen
Sex haben? Und wenn doch, warum nicht
zuhause?", fragte Mantzaris.
„Weil es langweilig ist", meinte Angelos.
„Mir ist es lieber langweilig, als dass ich mit
meiner Frau … na gut, lassen wir das. Aber
lasst euch doch nicht immer erwischen!"
Angelos wollte etwas erwidern, doch Alex
drückte fest auf seine Schulter. „Au!"
„Verstanden. Wir passen in Zukunft auf!",
sagte Alex.
„Das bezweifle ich", sagte Mantzaris und
verschwand in seinen Gerichtssaal.

„Zunächst, Frau Stavrakis, hat dieses Gericht noch andere Dinge zu tun, als Ihren Anzeigen nachzugehen!", knurrte Mantzaris.

„Hier geht es um Recht und Gesetz und das ist wohl Ihre Aufgabe, für die Sie bezahlt werden!"

Alex schmunzelte. Das war garantiert der falsche Text.

„Meine Bezahlung ist schändlich und Recht und Gesetz lassen Sie mal meine Sorge sein." Mantzaris wurde laut.

„Jedenfalls war ich mit meinem Enkel in der Geisterbahn!", erklärte die Stavrakis.

„Gehören Sie und Ihr Enkel zur Ausstattung der Geisterbahn?"

Der Saal wieherte. Und Frau Stavrakis schäumte.

„Ich und mein Hasi, so nenne ich meinen Enkel immer, wollten eine Fahrt in der Geisterbahn machen …"

Richter Mantzaris unterbrach.

„Das da nennen Sie ‚Hasi'? Ich kenne keinen Hasen, der breiter wie hoch ist! Wieviel Kilo wiegt denn unser Hase?"

„Achtzig Kilo", sagte der Hase stolz.

„Und das mit 14 und 1,65 Größe?"

„Was spielt das für eine Rolle?", keifte die Stavrakis.

„Es spielt eine Rolle hinsichtlich der Frage, ob sich der Wagen überhaupt in Bewegung setzen konnte!", knurrte Mantzaris.

Alex unterdrückte ein lautes Lachen.

„Er fuhr. Und als wir um die Kurve kamen, stand da mein Nachbar wieder vollkommen nackt. In der Geisterbahn!"

„Mit Erektion oder ohne?", fragte Mantzaris gelangweilt.

„Halt, ich vergaß, Sie kennen den Unterschied nicht", murmelte er halblaut.

„Diesmal ohne! Was es nicht entschuldigt! Ein Schock für meinen Enkel!"

„Weil er durch die Fettringe seine eigenen Teile noch nie gesehen hat?", fragte Mantzaris.

„Mein Enkel hat keine Fettringe, er ist nur stämmig. Das sind die Gene!"

Der Saal lachte.

„Angeklagter Angelos Nikakis. Sagen Sie mir doch, was Sie nackt in der Geisterbahn zu tun hatten?"

Angelos hatte Mühe, den abgesprochenen Text zum Besten zu geben.

„Äh, es ist mir etwas peinlich. Aber schon seit meinem Einzug fühle ich mich zu meiner Nachbarin hingezogen." Beim letzten Wort musste er selber lachen.

„Aber Frau Stavrakis ist 67!" Und potthässlich, fügte der Richter in Gedanken hinzu.

„Wo die Liebe hinfällt, Euer Ehren. Aber ich sehe nun ein, dass – huhaha – diese Zuneigung nicht erwidert wird", antwortete Angelos, wobei Alex´ Gelächter nicht hilfreich war.

„Ruhe im Saal", brüllte Mantzaris.

„Der Angeklagte hat aus unerwiderter Liebe gehandelt. Dies ist nicht verwerflich. Ihm wird jedoch angeraten, sich dem Objekt seiner Zuneigung nicht mehr zu nähern. Zumindest nicht nackt!", lautete das Urteil.

„Ich protestiere", rief die Stavrakis.

„Das macht dann 200 Euro!"

„Das Ist ein Exhibist!", schrie sie weiter.

„Das heißt Exhibitionist, Frau Stavrakis. Wir sind bei 400 Euro und Ihrer Tochter schicke ich das Jugendamt vorbei. Ihr ‚Hasi' ist eindeutig zu fett.

Die Sitzung ist geschlossen!"

10

„Ich finde ihn echt hübsch", meinte Angelos, als sie zuhause waren.

„Geht so", antwortete Alex.

„Jetzt komm. Kein Grund zur Eifersucht. Er ist hetero!"

Alex brummte.

„Natürlich ist er nicht so hübsch wie du", sagte Angelos leise in Alex´ Ohr.

„Schleimer!"

„Eigentlich wollte der Schleimer gerade seinen Ehemann verwöhnen, aber …"

„Weißt du, was mich an Jose stört? Er ist skrupellos. Da kann er so schön sein, wie er will."

„Ich würde ihn auch nicht gegen dich austauschen wollen", sagte Angelos.

„Außerdem hat er mir zu viele Tattoos. Eins oder zwei finde ich ja ganz schön, aber diese Riesendinger auf dem Rücken? Ich weiß nicht", fügte Alex hinzu.

Angelos setzte sich ruckartig auf und schaute Alex an.

„Was kuckst du so?"

„Alex, du bist ein Genie", sagte Angelos und begann mit der Verwöhnung seines Ehemannes.

11

Enzo Forlani atmete durch. Er stand auf dem Dach seines Casinos „Mykonos Royal". Was an dem kargen Felsen „royal" sein soll, verstand er zwar nicht, aber die Gewinne würden es sein – und sollten es sein. Denn seine Geldgeber erwarteten etwas für ihre Investition. Nein, falsch. Sie erwarteten viel für ihre Investition. Und auch für ihn hing alles vom Erfolg des Casinos ab. Nicht nur, dass seine Bezahlung ausschließlich aus Boni bestand, er hatte auch das dumpfe Gefühl, dass die Investoren es nicht bei einer simplen Entlassung belassen würden, im Falle des Scheiterns.

Deswegen würde er bei der heutigen Eröffnung richtig klotzen müssen. Und die Reichen von Mykonos erwarteten einen gewissen Standard. Genau genommen war heute der Tag des „Soft Openings", der Generalprobe. Es sollte alles funktionieren. Einschließlich der chinesischen Gesichtser- kennungssoftware, die nebenbei die Erregung des Gewinners überprüfen könne – ob diese echt oder gespielt war. Auf die Demonstration war er schon gespannt.

Für die Behandlung von Betrügern hatte man ihm ein Team zur Seite gestellt. Forlani hoffte nur, dass diese Brüder niemals ihn „befragen" würden.

Sie dürften vor allem unter keinen Umständen von seinem zweiten „Standbein" erfahren.

Das war seine Lebensversicherung und außerdem war er schon Jahre in diesem Geschäft. Großer Profit. Kleines Risiko.

Nicht so wie im Casino.

„Was gibt´s Neues im Fall Young?", fragte er seine rechte Hand.

„Der örtliche Arzt wollte einen Todesschein ausstellen, aber der junge Kommissar will eine Autopsie."

Verflucht!

Beruhige dich, Enzo!

Das heißt noch nicht, dass sie etwas finden.

12

„Ich geh dann mal mit Jose trainieren", sagte Angelos und wollte zur Türe hinaus.

„Moment! Da komme ich mit!", sagte Alex.

„Nur zum Zuschauen oder aus Eifersucht?", fragte Angelos süffisant.

„Aus Eifersucht? Ach was! Wie könnte ich eifersüchtig sein auf eine brasilianische Schönheit mit Muskeln. Vollkommen abwegig!", antwortete Alex und ging mit.

„Die hetero ist", sagte Angelos.

„Und nicht die erste wäre, die mal auf die andere Seite hüpft, bei entsprechendem Angebot", knurrte Alex.

Angelos strahlte.

„Du hältst mich für ein attraktives Angebot?"

Gott sei Dank hat er es richtig verstanden, dachte Alex.

„Aber ich bin nicht im Angebot. Ich bin verheiratet. Ich gehe Beachvolleyball spielen."

„Ja, Und ich schaue zu!" Alex grinste.

„Spinner!"

Als sie nach zwanzig Minuten in Elia ankamen, wartete Jose schon oder besser gesagt, er war umringt von weiblichen Schönheiten.

„Was wollen die nur von dem? Man merkt doch sofort, dass er nur das eine will", knurrte Alex.

„Ja, und das ist genau das, was die Damen möchten. Zuhause wartet der Freund oder der Ehemann", sagte Angelos lachend.

„Dann sei mal froh, dass dein Mann dabei ist!" Alex grinste.

Dessen Grinsen verflog augenblicklich, als er Dimitri sah.

„Was macht der hier? Hast du ihn eingeladen?"

Angelos verdrehte die Augen.

„Nein, Herrgott. Er wird es von der Bedienung wissen. Die ist seine Schwester. Soll ich ihn des Strandes verweisen? Du hattest etwas versprochen!"

Dimitri war ein 19-jähriger, der sich in Angelos verknallt hatte und schon einmal für einen veritablen Krach zwischen den Herrn Nikakis gesorgt hatte.

Zwischenzeitlich hatte sich Jose von den Bräuten losgeeist.

„Hallo, Angelos, etwas Aufwärmen?"

„Aber klar."

„Ich habe zwei ganz gute Italiener als Spielpartner ergattert."

„Aber du weißt, ich habe lange nicht mehr gespielt", sagte Angelos.

Jose zwinkerte mit dem Auge.

Derweil setzte sich Alex zu Dimitri in die Düne. Der schaute zunächst ängstlich.

„Du tust mir doch nichts?", fragte er.

„Solange du meinem Ehemann nicht auf den Schritt schaust und ihn nicht berührst, passiert dir nichts!" Alex fletschte mehr die Zähne, als dass er lächelte.

„Den Schritt habe ich doch schon in der Geisterbahn gesehen!", meinte Dimitri lächelnd.

Er hatte es also tatsächlich gesehen. Es war einfach eine saudoofe Idee.

„Du weißt gar nicht, was du da hast!", murmelte Dimitri.

„Vorsicht, junger Mann. Ich weiß es sehr wohl. Und schlag dir Angelos aus dem Kopf! Endgültig! Such dir jemand in deinem Alter."

„Ist ja schon gut. Er will ja ohnehin nicht", jammerte Dimitri.

„Und dass ich ihn nackt gesehen habe, war nicht gerade hilfreich", fügte er hinzu.

„Das wiederum glaube ich dir", sagte Alex.

Leider legte Dimitri noch nach.

„Ich meine, nicht jeder hat das Gehänge eines Ele .."

„Stopp! Verkneif´ es dir!"

Währenddessen vergossen Jose und Angelos
Sturzbäche an Schweiß. Als sein Mann in einer
kurzen Pause sein Handtuch holte, hätte Alex
ihm beinahe die Hose heruntergerissen, so
sehr setzte ihm Angelos´ Geruch zu.
Das Schlimme für Alex war, dass jeder
Angelos´ Körper sehen konnte und – trotz
Hose – seine besten Teile. Da auch Jose
seinen Fanclub hatte, war das Spielfeld am
Strand von Elia von gut 200 Zuschauern
umsäumt, die Mehrzahl Frauen, der Rest Gays.
Letztere waren wahrscheinlich wegen beiden
gekommen. Wenn es etwas zu sehen gab,
existierte wohl eine Art Hotline.
Aber die italienischen Trainingspartner hatten
tatsächlich keine Chance gegen Jose und
Angelos. 15-2. 15-4. Anfangs überhaupt nicht
begeistert von diesem verkürzten
Trainingsspiel, machte es Alex zusehends
Spaß, seinem Mann zuzusehen. Dessen
Aufschläge landeten permanent an Stellen,
an die die Italiener selbst mit kuriosen
Flugeinlagen nicht hinkamen.
Und Jose war sichtlich beeindruckt. Er hatte
ein Greenhorn erwartet und einen Mitspieler

bekommen. Alex verspürte wieder einmal Stolz und Glück – sein Ehemann.

Alex´ Handy brummte. Am Strand von Elia? Das wunderte den Ex-Kommissar, denn hier hatte man üblicherweise keinen Empfang. Dementsprechend holprig war die Verbindung.

„Eftaxias?", fragte Alex.

Eftaxias war der Chefpathologe in Athen. Aber es war fast nichts zu verstehen.

„Warte. Ich rufe dich auf dem Festnetz zurück." Hoffentlich hatte das Restaurant noch so etwas Altmodisches. Es hatte.

„Na endlich, Kollege Galis!" Galis? Offensichtlich hatte die Pathologie in Athen noch nicht mitbekommen, dass er Nikakis heißt und auch nicht mehr Kommissar ist.

„Eftaxias, ich habe wieder geheiratet. Deswegen Nikakis!"

„Seit wann nimmt man denn den Namen der Frau an?", fragte Eftaxias.

„Habe ich gar nicht", sagte Alex. Es dauert gut zwanzig Sekunden, bis ein leises „Oh" zu hören war.

„Äh, Glückwunsch. Ich rufe wegen des Amis an. Also gefunden habe ich nichts, was den Tod erklären könnte. Es fehlt allerdings noch die toxikologische Untersuchung. Jedoch fanden sich in seinem Rektum Spermareste!"

„Was bitte? Vergewaltigung?"

„Nein. Das nicht. Wollte es nur erwähnt haben."

„Und wann bekommen wir …?"

„Das dauert zwei Tage, außer es schlägt einer der ersten Tests an, dann rufe ich dich sofort an!"

„Eftaxias, hast du von dem Sperma die DNA?"

„Blöde Frage!", sagte der und legte auf.

Alex ging zurück zum Spielfeld und winkte Angelos zu sich.

„Großer, zieh´ das Spiel noch in die Länge, ich muss in Joses Zimmer und ein paar Haare stehlen!"

Gott sei Dank zeigte Angelos in solchen Momenten keinerlei Regung und fragte auch nicht nach. Er war eben auch Kommissar und dazu der bessere. Und: er vertraute Alex´ Intuition.

So segelte Angelos an einigen Bällen vorbei, ließ sich beim Ballholen und beim Aufschlag Zeit, bis Alex wieder am Seitenaus stand und nickte.

13

„Das war richtig gut, Angelos", sagte Jose mit echter Anerkennung und klopfte ihm auf die Schulter.

„Könnten wir das morgen wiederholen?", fragte er.

„Wenn mich der Muskelkater nicht zu sehr plagt", antwortete Angelos.

„Komm, gehen wir duschen", meinte Jose.

„Nur über meine Leiche", flüsterte Alex in Angelos´ Ohr.

„Lass mal, Jose. Mein Mann liebt es, wenn ich verschwitzt bin!" Was nicht gelogen war und noch dazu eine glaubwürdige Ausrede.

Als Angelos und Alex im Auto saßen, sagte Herr Nikakis junior:

„Oh Alex. Ich dachte, du bekommst das mit deiner Eifersucht in den Griff. Der will nichts von mir und selbst wenn. Dabei hat das richtig Spaß gemacht!"

„Großer, du tust mir unrecht. Erstens ist mir der Schweiß meines Mannes heilig. Und zweitens hat die Pathologie angerufen. Eric Young hatte Sperma im Hintern!"

„Na, das ist mal eine überraschende Erkenntnis bei einem Schwulen."

„Aber ich würde darauf wetten, dass die DNA

übereinstimmt mit der von Jose."

„Du spinnst doch! Der läuft doch herum wie ein brünftiger Gockel", entgegnete Angelos.

„Warten wir es doch einfach ab", sagte Alex.

„Und welches Motiv sollte er haben, seinen eigenen Partner umzubringen? Vor dem Finale? Der ist so geldgeil, dass er ihn bestimmt aus dem Sarg geholt hätte, um einen zweiten Mann zu haben."

„Eftaxias wird es uns sagen. Liege ich falsch …", begann Ales.

„… dann machen wir es das nächste Mal auswärts in einer Waschanlage", ergänzte Angelos lachend.

Alex erschauderte. Die Waschanlagen liegen alle an den Hauptstraßen. Und dem Richter würde irgendwann der Geduldsfaden reißen.

„Das Waschprogramm dauert höchstens acht Minuten. Das ist unter der Würde eines Mannes mit dem Gehänge eines Elefanten", sagte Alex.

„Gehänge was? Wo hast du denn den Ausdruck her?", fragte Angelos.

„Na von deinem Super-Fan Dimitri. Du hast dich in der Geisterbahn ja auch vor ihm präsentiert", knurrte Alex.

„Dann war er es doch. Mist. Aber wenn ich es mir recht überlege: wo er recht hat, hat er recht", sagte Angelos und reckte die Brust raus!

„Angeber", gab Alex zurück.

„So? Dann gehe ich duschen, sobald wir zuhause sind!"

Alex schaute ihn entsetzt an.

„Bitte. Alles nur das nicht!"

Angelos lächelte.

„Gott, ist mein Mann berechenbar. Und wehe, du nennst mich jemals ‚Elefant'!"

„Ah, plötzlich gefällt dir der ‚kleine Pfirsich'!"

14

Alex lag glücklich im Bett und noch vollkommen benebelt von Angelos´ Schweißschwaden, die für Alex Wolken der Glückseligkeit waren.

„Wie geht es meinem alten Mann? Oder kannst du noch nicht sprechen?"

„Äh. Puh. Alter Mann? Möchtest du dich beschweren, du wärst zu kurz gekommen?", antwortete Alex.

Angelos beugte sich über Alex und küsste ihn.

„Niemals. Und ich liebe dich, falls ich das heute noch nicht gesagt habe!"

„Doch. Hast du. Aber ich kann es nicht oft genug hören. Auch wenn du heute wieder Dutzende von neuen Fans dazugewonnen hast", sagte Alex.

„Aber dafür kann ich nichts. Was soll ich denn deiner Meinung nach tun?", fragte Angelos.

„Einen Sport wählen, bei dem man bekleidet ist", schlug Alex vor.

„Skispringen? Jetzt krieg dich mal wieder ein. Weißt du, was mir bei Jose aufgefallen ist?"

„Außer, dass er einen knackigen Hintern hat?"

„Letzte Warnung, Alex. Nein. Jose hat das gleiche Tattoo wie Eric."

Warum zum Kuckuck fällt mir das nicht auf, dachte Alex.

„Was für meine Theorie sprechen würde. Leider ist die DNA noch nicht da."

„Nein, daran glaube ich immer noch nicht. Der steht nicht auf Männer. Aber fragen können wir ihn, was es mit dem Tattoo auf sich hat."

Eine Stunde später standen die Herren Nikakis im schwarzen Anzug samt Fliege vor dem Spiegel.

„Du siehst zum Anspringen aus", sagte Alex breit lächelnd.

„Gleichfalls. In jedem Fall sind wir passend gekleidet für die Eröffnung eines Casinos!"

„Warum haben die uns eingeladen? Wir waren doch ausdrücklich gegen die Spielbank!", schüttelte Alex den Kopf.

„Gerade deswegen. Du musst deine Gegner überzeugen, dann gewinnst du. Und die werden sich große Mühe geben, glaube mir", meinte Angelos.

„Momentan macht mir die Bootsfahrt mehr Sorgen", meinte Alex.

15

Um eine Verkehrskatastrophe zu vermeiden, hatte das Casino einen Shuttle-Service per Boot organisiert. Durch seine Lage hatte es einen eigenen Pier und so fuhren zahlreiche Boote von der Altstadt, aber auch von den Buchten in Richtung Spektakel des Jahres. Auf allen Ebenen des Dachs standen große Feuerschalen und offensichtlich hatte man sämtliche Laser rund um das Mittelmeer nach Mykonos geschafft.

„Schau mal, da stehen Gladiatoren auf dem Dach. Ich lach mich tot!", sagte Angelos lachend.

Alex hingegen war nicht zum Lachen zumute. Dass jemand mit Vornamen Alexandros seekrank wird, glaubt in Griechenland, dem Land der Seefahrer, wahrscheinlich niemand. Dennoch wird Alex schon beim Anblick von Wasser schlecht. Auf einer Insel nicht ganz unproblematisch, denn es gab so für ihn nur einen Reiseweg: per Flugzeug. An diesem Abend musste er jedoch aufs Boot, in der Hoffnung, der Katzensprung von Ornos nach Mykonos würde nicht so schlimm werden. Auch das Meer spielte an diesem Abend mit:

Es war spiegelglatt. Dennoch: Am Pier der Spielbank stand ein spinatgrüner Alexandros und schwankte.

„Ach herrje, Alex. Komm, halt dich an mir fest!", sagte Angelos.

Am Eingang stand Enzo Forlani und begrüßte die Gäste.

„Ah, die Herren Kommissare! Ich hoffe, wir können Sie heute davon überzeugen, dass das Casino ein Gewinn für … Was ist denn mit Ihrem Mann los. Er sieht gar nicht gut aus!"

„Seekrank" war Angelos einsilbige Antwort.

„Als Grieche?", fragte Forlani belustigt.

„Blöder Spaghettifresser", murmelte Alex.

Im Inneren herrschte die Lautstärke eines Fußballstadions. Und es war so voll, dass man sich fast nicht bewegen konnte.

„Und auf Wiedersehen", sagte Alex und zog Angelos zum Ausgang.

„Nun warte, wir finden schon ein ruhiges Plätzchen!"

Tatsächlich war es ein Stockwerk höher etwas ruhiger und es gab sogar einen freien Platz an der Bar.

„Bestell mir doch einen Gin Tonic. Ich geh ein wenig spielen", meinte Angelos.

„Du und spielen?", entgegnete Alex erstaunt.

„Klar, warum nicht?"

Schon saß Angelos am nächstgelegenen Roulettetisch und warf dem Croupier 2000 Euro zu.

Alex traute seinen Augen nicht. Sein maximaler Einsatz beim Roulette belief sich auf zwei Euro in einer Spielbank in Athen.

Angelos setzte jeweils 100 Euro auf drei Zahlen. Gewinnchance 3600 Euro. Und verlor. Dennoch setzte er die gleichen Zahlen wieder. Und erneut waren 300 Euro weg.

Alex stand auf und brachte Angelos seinen Drink.

„Sag mal, warum spielst du immer die 34, 35, 36?"

Angelos drehte sich um und schaute Alex entgeistert an.

„Das fragst du jetzt nicht im Ernst!"

Und Alex verstand nur Bahnhof.

„Na bravo. Am 3. April haben wir uns kennengelernt, am 3. Mai geheiratet und am 3. Juni hast du mich aus Orbans Fängen befreit!"

„Oh Gott, entschuldige. Ich bin immer noch nicht ganz da", murmelte Alex kleinlaut und küsste Angelos auf den Kopf.

„Was war für dich der wichtigste der drei Tage?", fragte Angelos.

„Ehrlich gesagt der 3. Juni, weil ich nicht mehr daran geglaubt habe, rechtzeitig zu kommen", antwortete Alex.

Angelos nahm die verbleibenden 1400 Euro und setzte sie auf die 36.

„Du spinnst", meinte Alex. Gut, 1400 Euro waren auch für die Herren Nikakis kein Kleingeld, aber verkraftbar.

Die Kugel sprang und hüpfte. Sie schien in der 13 zu landen, tanzte auf dem Rand und fiel in die 36.

Angelos lächelte breit. Seine Spielnachbarn klopften ihm auf die Schulter.

Während Alex noch rechnete und irgendwie auf über 50.000 Euro kam, hörte er Angelos sagen: „die Drei mit zwei Nachbarn".

Was zum Teufel macht er da?

Auch die Umstehenden kamen nun näher.
Alex sah die Kugel rollen, wusste aber nicht,
was die Ansage bedeutete. Als die „0" kam,
ließ er die Schulter hängen – alle Anderen
aber jubelten. Angelos drückte ihn und
strahlte. Vorsichtig fragte Alex, was er denn
gewonnen habe.
„So um die 350.000 Euro!"
„Du hörst sofort auf!"
Angelos lächelte. „Auf jeden Fall!"
Kaum hatte er seine Jetons gewechselt, war
auch Forlani schon am Tisch.
„Herzlichen Glückwunsch. Ich kann Sie nicht
überzeugen, weiterzumachen?"
Breit grinsend schüttelte Angelos den Kopf.
„Hoffentlich kommen Sie nicht öfter", knurrte
Forlani.
„Das kann ich Ihnen nicht versprechen",
sagte Angelos.
Alex war noch immer ganz sprachlos.
„Du machst das hoffentlich nicht öfters!"
„Ach was. Das war garantiert mein letzter
Besuch hier!" Aber das Grinsen wich nicht aus
seinem Gesicht.
Plötzlich stand Jose neben ihnen.

„Für soviel Geld muss ich acht Turniere gewinnen. Das ist nicht ganz fair. Aber Glückwunsch, mein Spielpartner!"
Da brummte Alex´ Handy.
Um diese Uhrzeit? Eine SMS. Von Eftaxias. Kurz und knapp: „DNA stimmt überein".
Alex atmete tief durch und lächelte. Er hatte doch recht gehabt. Mit dem Stolz eines Jägers, der einen Zwölfender erlegt hatte, hielt er Angelos das Handy hin, aber so, dass nur er den Text lesen konnte. Keine Reaktion. Pokerface.
Forlani sah von der Empore auf die drei hinunter und beschloss, in den Über-wachungsraum zu gehen.
„Bar, erster Stock, wo ist das Bild?"
„Die Zwölf".
Da waren sie. „Mikrofon an!"
Und schon war er mitten im Gespräch. Was zum Teufel wollte Jose von den beiden? Beruhige dich, er weiß nichts!

„Ich wollte dich eigentlich fragen, ob du am Sonntag das Finale mit mir spielst. Es sind 5.000 Tickets verkauft, das Fernsehen ist da. Es wäre eine Katastrophe, wenn es ausfiele. Natürlich würdest du bezahlt werden", sagte Jose.

„Das Finale? Du machst wohl Witze. Ich bin ein Hobbyspieler. Du hast mit mir keine Chance."

„Natürlich verlieren wir. Aber der Veranstalter braucht ein Spiel. Unbedingt. Die Gegner wären auch einverstanden, denn niemand will kampflos gewinnen. Also was sagst du?"

Angelos überlegte kurz und sagte:

„Ich mache es, wenn mein Mann einverstanden ist. Lass uns das mal besprechen und komm später nochmal vorbei!"

„Da musst du deinen Mann fragen? Du stehst aber ganz schön unter der Fuchtel!"

„Das geht dich nun gar nichts an. Oder hast du noch einen anderen, der einspringt?"

Jose schaute verdutzt, ging aber weiter.

„Danke, dass ich gefragt werde. Reicht dir denn der Gewinn heute nicht? Oder musst du dich unbedingt im Fernsehen produzieren? Und außerdem ist er nicht ganz sauber. Die DNA stimmt überein. Er hatte Sex mit Eric kurz vor dessen Tod. Da wäre Ermitteln wichtiger als Volleyball spielen."

Angelos hielt den Kopf etwas schräg.

„Gut. Du hattest recht mit deiner Vermutung. Ich sehe aber immer noch kein Motiv. Du etwa? Und außerdem enttäuscht es mich, dass du mich für so selbstverliebt hältst. Du müsstest es besser wissen!"

Wenn ich nur manchmal erst denken, dann reden würde, dachte Alex.

„Entschuldigung. Ich wollte dich nicht verletzen, aber mir ist das Ganze zu unübersichtlich. Ein Ermordeter und kein Motiv!"

„Dann ist es wohl besser, wir bleiben nahe dran an ihm. Oder hast du einen anderen Vorschlag?"

„Ich schwöre dir: wenn hinterher irgendwelche Fanpost bei uns eintrudelt oder ein Werbevertrag kommt, dann …"

„Entspann dich. Ich werde spielen wie ein Trottel und die bekommen keine Werbeverträge. Und duschen werde ich auch nicht mit ihm."

Stimmt, das hatte ich vergessen, dachte Alex.

16

Im Überwachungsraum gefror Forlani das Blut
in den Adern. In mehrfacher Hinsicht. Die
beiden Kommissare glaubten noch immer
nicht an eine natürliche Todesursache bei Eric
Young. Dass Jose doch etwas mit Eric hatte,
war ihm schnurzegal, geahnt hatte er es. Aber
Jose hatte Eric definitiv nicht umgebracht.
Viel schlimmer aber war die Nachricht, der
junge Schönling würde im Finale einspringen.
Er, Forlani, war Mitsponsor des Turniers und er
würde den anderen nicht erklären können,
warum er diesem Austausch der Spieler nicht
zustimmt. Alle wollten ein Finale sehen, die
Ticketkäufer, das Fernsehen, die Sponsoren.
Da konnte er nicht mit dem Reglement
winken. Er würde sofort verdächtig wirken.
Gut, er hatte zwei Optionen.
Die gleiche wie bei Eric Young.
Und eine zweite.
Er entschied sich für beide.
„Holt Oleg!"

17

An der Bar versuchte Alex, sich im Zaum zu halten.

„Du hältst mich für einen Spießer, nicht wahr?", fragte er.

„Wärst du einer, hätte ich dich nicht geheiratet, du Dummkopf. Ich brauche jemand wie dich, der mich ab und zu bremst. Aber hier bleibt mir, uns, nichts anderes übrig."

„Wir wissen bisher nicht, wie und warum es passiert ist. Das macht mir Sorgen!", sagte Alex.

„Sorgen um mich. Aber ich passe schon auf!"

„Das hast du bei Orban auch gesagt!"

„Und für solche Fälle habe ich dich!"

Schon war Jose wieder da.

„Und was hat die Ehekonferenz ergeben?", fragte er süffisant.

„Dass ich mitspiele. Aber der Spott ist unangebracht, nicht wahr? Denn in Wahrheit hattest du ein Verhältnis mit Eric! Und du hast kurz vor seinem Tod mit ihm geschlafen!"

Jose war wie versteinert.

„Woher …"

„DNA", war Alex´ lapidare Antwort.

„Es war kein Verhältnis. Was glaubt ihr, sucht ein reicher Ami aus Key West am Strand von Rio? Einen Beachvolleyball-Spieler? Pfff!" Jose lachte verächtlich.

„Und was macht ein bettelarmer brasilianischer Junge? Er ergreift den einzigen Strohhalm, der sich ihm bietet. Auch wenn er es eigentlich nicht will. Also, was blieb mir übrig?"

„Aber er hat dich auch zu einem der besten Spieler der Welt gemacht!", sagte Angelos.

„Ja. Und dafür habe ich bezahlt. Ich war erst frei, als ich besser spielte als er. Und er sich frisch verliebte. Natürlich in einen anderen Spieler. Aber ich war froh", antwortete Jose.

„Und trotzdem hattet ihr in der Nacht vor seinem Tod Sex?"

„Ja. Er war ein Arsch. Er sagte, er wolle nicht antreten, weil es ihm nicht gutginge, außer … Er meinte, um der ‚alten Zeiten Willen'! Aber ich habe ihn nicht umgebracht. Alle Fragen beantwortet?"

„Scheint so", antwortete Angelos.

„Dann bleibt es dabei? Du spielst?", fragte Jose.

„Ja. Aber wir werden haushoch verlieren!"

„Mach dich nicht schlechter als du bist. Es geht ja nur um die Show. Also: um elf Training,

um zwei zum Tätowierer und um vier ist die Pressekonferenz. Das überstehst du schon!"
„Was soll ich denn beim Tätowierer?", fragte Angelos.
„Jeder Spieler muss ein Sponsoren-Tattoo tragen. Eine Krone auf dem Oberarm. Ist das Logo des neuen Casinos. Ich kann es dir jetzt schlecht zeigen, sieht aber ganz gut aus. Soll sogar aus Goldstaub sein. Und du kannst wählen. Für ein permanentes Tattoo gibt es 10.000 Euro, für ein Ink-Tattoo 1.000. Kannst du selber entscheiden. Aber zuerst kommst du zum Training! Und vielleicht solltest du auf unsere Gegner wetten. Gibt aber nur 1,3 für 1!"

18

„Jetzt wissen wir, warum beide das gleiche Tattoo haben", sagte Alex. „Und was machst du?"

„Ich schaue es mir bei Jose nochmal genau an. Wenn es mir gefällt, warum nicht? Sicher nicht wegen des Geldes!", sagte Angelos und zeigte lachend auf den Berg Chips.

„Ich hatte zwischendurch schon vergessen, dass wir jetzt wohlhabend sind", sagte Alex mit einem Grinsen im Gesicht.

„Wäre mein Mann einverstanden mit einem Tattoo auf dem Oberarm?", fragte Angelos.

Gott sei Dank, dachte Alex.

Er fragt mich.

„Ehrliche Antwort? Gegen eine Krone auf dem Oberarm hab ich nichts. Ich mag nur keine Tattoo-Friedhöfe, die den ganzen Rücken verunstalten."

„Ich könnte mir natürlich noch ‚Alex' auf den Unterarm tätowieren lassen", flüsterte er Alex ins Ohr.

„Das wäre noch besser. Und ich lasse mir dann einen Pfirsich tätowieren."

Angelos knurrte.

„Oder doch ‚Angelos'?"

„Viel besser, Alex!"

Plötzlich wurde es im Gang unruhig und man hörte Gebrüll.

Zwei Security-Männer hatten einen Gast gepackt und zogen ihn ihm Schwitzkasten Richtung Ausgang.

Es war Dimitri.

„Herrgott, der ist ja vollkommen hinüber. Seit wann sitzt der denn hier?", fragte Alex.

„Alex, sorry, aber da muss ich hinterher", sagte Angelos. Alex nickte.

„Stopp, Jungs. Lasst ihn mir. Ich bringe ihn ohne Aufsehen nach draußen", rief er den Security-Männern hinterher.

Jetzt erst registrierte der vollkommen betrunkene Dimitri, dass Angelos hier war – mit dem entsprechenden Ergebnis.

„ANGELOSCH! Meine Liebe!"

„Ruhig, Dimitri. Bitte mach hier keine Szene. Und hör auf, mich zu küssen. Ich mag das nicht und Alex ist auch hier", knurrte Angelos.

„Aber ich liebe dich doch so!"

„Heute hast du wohl mehr die Flasche geliebt. Komm jetzt mit. Und hör auf, an mir rumzufummeln. Im Ernst."

„Du magscht mich nimma", lallte Dimitri, ließ sich aber anstandslos nach draußen führen.

Die Herren Nikakis hatten am Tag vorher ihr Auto auf dem Parkplatz neben dem Casino geparkt, damit sie für die Rückfahrt nicht auf das Shuttle angewiesen waren – und Alex eine weitere Bootsfahrt erspart blieb.

Angelos bugsierte den 19-jährigen Dimitri in Richtung Wagen, öffnete die Türe und ließ ihn auf den Beifahrersitz fallen.

„Und wehe, du speist mir ins Auto!"

„Niemalsch. Ich liebe dich."

Angelos ging zurück ins Casino.

„Alex, ich habe Dimitri ins Auto gepackt. Wir müssen ihn heimfahren. Ich weiß, dass dir das nicht passt, aber ich kann ihn hier nicht vor der Türe liegenlassen."

Und bei Alex siegte die Freude ob der Empathie seines Mannes über die Eifersucht.

„Kein Problem."

„Aber ich kann ihn nicht heimfahren, Alex. Der fingert in seinem Zustand dauernd an mir herum und das will ich nicht. Ich weiß, es ist viel verlangt, aber könntest du ihn heim- fahren?"

„Ich soll meinen Nebenbuhler nach Hause fahren?", fragte Alex.

„Nebenbuhler? Bist du noch bei …"

„Das war ein Spaß, Angelos. Ich fahr ihn heim. Schlüssel!"

„Danke!", sagte Angelos und küsste Alex auf die Backe.

Insgeheim war Alex ganz froh darüber, dass er dem Trubel für eine Weile entkam. Die frische Luft und die relative Stille taten gut.
Am Auto angelangt, stellte er fest, dass Dimitri schlief, mit offenem Mund.
Dimitri registrierte gar nicht, dass Alex einstieg.
Er registrierte nicht, dass Alex losfuhr.
Und er registrierte nicht, dass ihn eine Kugel mitten in die Stirn traf.

19

Alex saß wie versteinert im Auto, von oben bis unten mit Glassplittern übersäht. Und von Blut. Das Projektil hatte Dimitri den halben Schädel weggerissen. Alex öffnete die Türe und übergab sich.

Er setzte sich auf den Boden, erst jetzt realisierend, dass der Schütze noch vor Ort sein könnte und auch ihn im Visier haben könnte. Nein, dazu hätte er genügend Zeit gehabt.

Eines war Alex sofort klar: Nicht Dimitri war das Ziel gewesen, sondern Angelos.

Er überlegte. Wenn er jetzt Angelos riefe, würde der ins Schussfeld geraten.

Er musste ... Ja, so könnte es gehen. Hoffentlich hört er das Handy in dem Trubel und ging nicht selber arglos zum Ausgang.

Es läutete.

„Ja, Alex? Hast du ihn gut nach Hause gebracht?"

„Angelos. Hör einfach zu und mach genau das, was ich dir sage. Dimitri ist im Auto erschossen worden. Aber ich denke, es war eine Verwechslung. Geh langsam zum Ausgang, warte bis der Krankenwagen direkt vor dem Eingang hält und steig ein. Wir treffen

uns in der Klinik. Ich habe zwar keine Wind-
schutzscheibe mehr, aber die paar Meter
geht es."

„Nur eine Frage: Warum glaubst du besteht
für dich keine Gefahr?"

„Weil sie es schon längst hätten tun können.
Und nun mach!"

Alex blieb dennoch in Deckung. Er hörte das
Martinshorn und sah, wie der Wagen direkt
vor dem Eingang hielt. Angelos sprang in den
Wagen und schon war der RTW wieder
abgefahren. Alex atmete auf.

Ob der Schütze noch da war, würde er gleich
merken. Er stieg ins Auto, aber nichts passierte.
Auf den 500 Metern in die Klinik musste er
noch einmal anhalten und sich übergeben.
Armer Dimitri.

20

In der Klinik stand Angelos am Eingang und heulte wie ein Schlosshund.

„Alex. Er war 19. Er hatte sein Leben noch vor sich. Als Kind im Waisenhaus vergewaltigt und dann ist seine erste große Liebe unerfüllt, nämlich ich. Und dann bin ich auch noch schuld an seinem Tod. Er ist an meiner Stelle gestorben."

„Hätte. Hätte er nicht gesoffen an dem Abend, würde er noch leben. Hätte er eingesehen, dass du nicht zu haben bist, würde er auch noch leben. Das alles hilft jetzt nichts mehr!"

Ganz pietätlos dachte Alex, dass sie das Auto verkaufen müssten, denn Dimitris Blutspritzer und Gehirnteile waren in jede Ritze geraten.

Aus der Klinik kam Dimitriadis gerannt, der Chefarzt.

„Alex! Was sollte das mit dem Krankenw… Ach du heilige Jungfrau! Wer ist denn das?"

„Dimitri", sagte Angelos leise.

„Der Kleine von dem Restaurant in Ornos?" Alex nickte.

„Wer erschießt denn kleine Jungs?", fragte Dimitriadis.

„Es war wohl eine Verwechslung. Da sollte wohl ich sitzen."

„Na, dann herzlichen Glückwunsch. Seinen Eltern würde ich das aber nicht sagen. War der Kleine nicht in Sie verschossen?", hakte der Chefarzt nach.

„Was hat das denn damit zu tun?", sprang Alex Angelos bei.

Dimitriadis hob abwehrend die Hände.

„Na. dann holen wir ihn mal da raus. Eine Obduktion ist wohl nicht vonnöten!"

„Bitte keine Witze heute", knurrte Angelos.

Im Taxi nach Hause sagte Alex:

„Unter keinen Umständen gehst du zu seinen Eltern. Das mache ich!"

„Oh Gott. Daran habe ich noch gar nicht gedacht", sagte Angelos, der noch immer wie paralysiert wirkte.

„Die werden genauso auf dich losgehen wie auf mich."

Das werden sie bestimmt, dachte Alex.

„Das stehe ich schon durch. Außerdem bist du zuhause sicherer. Keine Diskussion!"

„Daran sind Sie schuld! Sie und Ihr vermaledeiter Mann", keifte die Mutter, die gerade ihren Sohn verloren hatte.

„Bitte? Jetzt machen Sie mal halblang. Ihr Sohn ist ermordet worden, ja, in unserem Auto. Aber dort saß er nur, weil wir ihn nach Hause bringen wollten. Er hatte sich in der Spielbank volllaufen lassen", knurrte Alex.

„Und warum hat er sich betrunken? Er säuft seit Wochen jeden Abend, um seinen Kummer zu ertränken!"

„Weil er sich in meinen Ehemann verliebt hat? Dafür können weder Angelos noch ich etwas. Es war ein jugendliches Hirngespinst", schrie Alex zurück.

„Hirngespinst? Da haben Sie wohl den Zungenkuss Ihres Mannes vergessen!"

Mist. Dieser verfluchte Zungenkuss. Oder besser: das elende Foto des Zungenkusses.

„Sie wissen genau, wie es dazu kam. Angelos hat es aus Mitleid getan!"

Die Mutter lachte spöttisch.

„Mitleid! Natürlich! Nein, nein. Mein Sohn hat sich danach Hoffnungen gemacht und Ihr …"

Ihr fiel kein Schimpfwort ein.

„… hat ihn dann einfach fallen lassen!"

Lang würde Alex sich nicht mehr im Zaum halten können.

„Angelos hat gar nichts gemacht. Weder hat er Ihren Sohn ermutigt, noch hat er ihn fallen lassen. Da war nichts. Und überhaupt hat all das nichts mit der Tatsache zu tun, dass Dimitri ermordet wurde. Den Mörder werden wir finden!"

„Als ob das etwas ändern würde", gab die Mutter zurück.

„Dann lassen wir es halt bleiben. Die Polizei findet ihn mit Sicherheit nicht!"

„Verschwinden Sie, Sie ..."

Im Hinausgehen sagte Alex noch:

„Ach ja. Die öffentliche Aufbahrung sollten Sie ausfallen lassen, denn es fehlt der halbe Kopf. Und außerdem: hätten Sie ihn nicht ins Waisenhaus gesteckt, wäre er dort nicht jahrelang vergewaltigt worden. Kehren Sie mal vor der eigenen Türe!"

Als er im Leihauto saß, tat es Alex leid, dass ihm die Geschichte mit dem Waisenhaus herausgerutscht war. Aber welche Eltern stecken schon das eigene Kind in ein Waisenhaus?

22

Als Alex nach Hause kam, lag Angelos schon im Bett.

„War es schlimm?"

„Das ist gar kein Ausdruck. Da war weniger Trauer als Wut!"

„Auf mich natürlich!"

„Nein, Angelos, auf uns beide. Aber das kann uns egal sein. Ich meine auf Dauer. Dass du heute etwas daneben bist, ist mir schon klar."

„Daneben ist untertrieben. Der arme Kerl. Und bitte jetzt keine Eifersüchteleien. Es ist …"

„…, weil der Kleine genauso vergewaltigt wurde wie du. Das schweißt zusammen, bis zu einem gewissen Grad", antwortete Alex.

„Genau das ist es. Ich glaube nicht, dass ich morgen trainieren kann. Das wäre doch etwas taktlos!"

„Angelos, es bleibt dir fast nichts anderes übrig. Du vergisst, dass der Mord an Dimitri bedeutet, dass wir mit unserer Mordthese im Fall Young richtig lagen. Warum sollte sonst jemand auf dich schießen, denn die Schüsse galten dir. Und das Casino hat damit zu tun. Nur dort wusste man, dass du drei Gin Tonic hattest …"

„…und daher auf dem Beifahrersitz einsteigen würdest. Dimitri hatte ungefähr deine Größe und die Lichtverhältnisse waren für einen Scharfschützen schlecht. Zu viele blinkende Lichter und dann haben ich und Dimitri ziemlich geschwankt. Der Schütze konnte das Gesicht nicht richtig sehen. Dimitris Pech. Hinzu kommt, dass der Schuss vom Dach des Casinos gekommen sein muss. Der Schuss kam von vorne und der Wagen stand in Richtung Casino. Irgendwie stecken die mit darin." Angelos lächelte.

„Und da sagst du immer ‚Superbulle' zu mir!"

„Ich bin erstmal froh, dass mein ‚Superbulle' noch lebt. Aber wir müssen aufpassen. Wenn sie einen Scharfschützen haben, bist du nicht mal während des Spiels in Panormos in Sicherheit, denn die Berge sind höher als die Tribünen."

„Den Herren des Casinos steht ohnehin ein unruhiger Tag bevor. Ich habe den Mord überall gepostet und fünf TV-Stationen informiert, inklusive Video unseres Wagens. Ein Mord am Eröffnungstag kommt gar nicht gut", sagte Angelos lächelnd.

Alex sah Angelos an, als wäre er nicht ganz bei Trost.

„Das wird die richtig wütend machen. Beruhigt mich ungemein", antwortete Alex. „Und wer wütend ist, macht Fehler. Der Mord an Dimitri, wenn auch versehentlich, war der erste", lautete Angelos´ Antwort.

„Aber für uns heißt das, jedes Mal unters Auto schauen, bevor wir losfahren", entgegnete Alex.

„Ist doch eh nur ein Leihwagen. Und außerdem lasse ich dich zuerst einsteigen!" Angelos lachte.

23

Enzo Forlani war am Ende seiner Nerven. Seit Stunden wurde er heimgesucht von Anfragen zahlreicher Radio- und TV-Stationen, dazu noch die Presse und ein Shitstorm im Internet. Dahinter steckt bestimmt der junge Nikakis, diese blöde Schwuchtel. Schade, dass Oleg den Falschen erwischt hat, dachte er.

Aber es war seine eigene Schuld, denn aufgrund der drei Gin Tonic hatte er gedacht, dass der Alte fahren würde.

Ein kapitaler Bock. Jetzt waren sie gewarnt. Ihm blieb nur noch die Methode Young und die musste besser funktionieren, sonst wäre alles dahin.

Aber ausgestanden war die gestrige Katastrophe noch nicht. Es war nur eine Frage der Zeit, bis seine Investoren von dem Mord am Eröffnungsabend erfahren würden.

Und sie würden nicht begeistert sein über die negative Publicity, die in den nächsten Stunden auf allen Kanälen zu sehen sein würde.

Warum er denn nicht für mehr Security gesorgt habe, würden sie fragen. Nie durften sie erfahren, dass er selber für den Zwischen-fall verantwortlich war. Es würde einen zweiten Zwischenfall geben und er würde in ein Säurebad fallen. Diese Herren sprechen keine fristlosen Kündigungen aus, sie beenden das Leben fristlos.

Er wollte ihnen ursprünglich etwas von einem Mord im Drogenmillieu erzählen, der rein zufällig auf dem Parkplatz passiert war. Aber der junge Schönling hatte den Medien gesteckt, dass „nach Quellen bei der Polizei" der Schuss vom Casinodach gekommen war. Clever.

Was Forlani am meisten ärgerte, war, dass Nikakis junior auch noch mit mehr als 300.000 Euro aus seinem Haus hinausmarschiert war. Er malte sich gerade aus, wie er dieses schöne Gesicht in eine Säureschüssel tunkt, als sein Handy brummte,

Er erstarrte. Das würden sie sein.

Ein Blick auf das Display ließ ihn ruhiger werden.

Es war Jose.

„Gut, dass du anrufst. Du willst also mit diesem Nikakis spielen?"

„Nein, nein. Schon in Ordnung. Wir brauchen ja ein Finale. Aber vergiss nicht, er braucht das Sponsoren-Tattoo, klar?"

Enzo Forlani brauchte gar kein Finale. Es war im Plan auch nicht vorgesehen.

Aber auf Veränderungen muss man schnell reagieren. Und überlegt. Nicht so ein Schnellschuss wie gestern.
Das Handy brummte erneut.
Und dieses Mal waren es seine Investoren.

24

Mit größtem Vergnügen zappten Alex und Angelos am nächsten Morgen durch die Fernsehkanäle.

„Mafia-Mord vor Spielcasino?"

„Hinrichtung bei Casino-Eröffnung!"

„Der Mörder schoss vom Dach des Casinos!"

Es waren exakt die Schlagzeilen, die Angelos haben wollte.

„Ich weiß nicht, ob das nicht alles zu groß für uns wird. Eigentlich wollten wir ruhiger leben und haben deswegen den Dienst quittiert. Wenn ich jeden Tag unter das Auto schauen muss und uns jeden zweiten Tag die Kugeln um die Ohren pfeifen … Und ich würde ungern bei der Obduktion deiner Leiche dabei sein", sagte Alex.

„Du würdest meinen Tod nicht überleben und dann könnten wir eine Doppelkiste nehmen", lautete Angelos´ flapsige Antwort.

Er hatte vollkommen recht, aber das war kein Thema, mit dem man Scherze macht.

Aber er bemerkte es noch rechtzeitig und griff nach Alex´ Hand.

„Entschuldige. Das war blöd von mir. Natürlich könntest du ohne mich leben!"

„Natürlich könnte ich das nicht und das weißt du ganz genau", sagte Alex leise.

„Alex, was ist?", fragte Angelos.

Alex schluckte.

„Ich habe gestern Nacht die ganze Zeit daran gedacht, dass normal du an Dimitris Stelle dort gesessen wärst. Ich habe deinen Kopf gesehen und da fehlte ein Stück. Ich habe mich gefragt, was ich dann tun würde! Ich … Es war das große Nichts."

Und Alex begann zu weinen. Es waren die Nachwirkungen eines traumatischen Abends und einer furchtbaren Vorstellung.

„Ich bin da, Alexandros. Und ich bleibe da. So schnell bringt man mich nicht um. Außerdem habe ich die gleiche Angst um dich. Nur: ich würge solche Gedanken sofort ab. Du spinnst sie weiter. Das ist der Unterschied zwischen uns beiden. Aber deswegen liebe ich dich nicht weniger als du mich."

Er dachte kurz nach.

„Alex, wenn dir das alles zu gefährlich ist, dann lass uns darüber reden, ob wir vielleicht nur noch die Bar betreiben, sobald der Fall beendet ist. Und die Bar fertig renoviert ist. Wäre dir das lieber?"

Alex überlegte.

„Ich kann es dir nicht sagen, nicht jetzt!"

„Aber da dein blendend aussehender Mann soviel Geld gewonnen hat, können wir uns mit der Antwort etwas Zeit lassen!"
Und schon musste Alex wieder lachen.
Angelos´ sonniges Gemüt vertrieb wie immer schnell die Wolken in Alex´ Gehirn.
Dafür liebe ich ihn wohl am meisten.
Für die Fähigkeit, mich aus jedem Loch zu ziehen, dachte Alex.
Er packt eine ernst gemeinte Liebeserklärung in einen Mantel aus Humor und Witz, ohne sie dadurch an Bedeutung verlieren zu lassen.

Gott gebe, dass er mir nie genommen wird!
„Keine Sorge. Niemand kann mich dir nehmen. Und passt Gott mal nicht auf, muss ich mich selbst darum kümmern!", meinte Angelos.
Alex stutzte.
„Aber ich habe doch gar nichts gesagt!"
Und Angelos lächelte nur.

25

Kurz bevor Angelos nach Elia zum Training aufbrechen wollte, rief ihn Jose an.

„Komm nach Panormos. Wir trainieren im Stadion, damit du dich daran gewöhnst!"

Alex schüttelte den Kopf.

„Das gefällt mir gar nicht. Zwei Männer auf einem Spielfeld, er ist dunkelhäutig. Freie Schussposition nicht nur von den Tribünen, sondern auch noch von den Bergen. Wie soll ich das absichern?"

„Kannst du nicht. Aber sind die wirklich so dumm und würden mich am helligten Tag auf einem Spielfeld erschießen?", fragte Angelos.

„Na ja, sie sind bestimmt extrem wütend nach deiner kleinen Medieninfo!", antwortete Alex.

„Bleib hier!"

„Das geht nicht, Alex. Dann kommen wir nicht weiter. Wir müssen alles laufen lassen, um zu verstehen ‚wie' und ‚warum'! Ich mach mich auch nicht gerne zur Zielscheibe! Aber ruf doch in Elia an und sag denen, sie sollen am Strand durchsagen, dass das Training in Panormos stattfindet. Wenn Joses und mein Fanclub kommen, ist hoffentlich mehr Getümmel."

„Gut. Und ich fahre zur Sicherheit die Hügel ab. Pass bitte auf. Und du bleibst mir nicht alleine mit Jose!"

„Auch nicht zum Duschen?", fragte Angelos grinsend.

„Besonders nicht zum Duschen. Du bringst deinen Schweiß schön nach Hause", knurrte Alex.

Das Besondere am Beachvolleyball ist, dass es mit zunehmender Beliebtheit immer weniger mit „Beach" zu tun hatte. Die Spiele finden nicht mehr am Beach statt, weil dort meist nicht genügend Platz für die Tribünen und die unvermeidlichen Merchandising-Wägen ist. Es fehlt meist auch an der generellen Infrastruktur wie Starkstrom und Wasser. Also spielt man Beachvolleyball meist auf großen Parkplätzen, die genügend Fläche bieten.

Allerdings fehlt der „Beach". Den muss man herbeischaffen. Im Falle von Mykonos bedeutet dies: es mussten fünf LKW Sand per Fähre von Naxos nach Panormos transportiert werden.

Dort konnte wenigstens in der Nähe des Strandes gespielt werden, denn hinter dem Principote lag ein riesiger Parkplatz, auf dem das Spielfeld aufgeschüttet war, gesäumt von den Tribünen.

Alex stand auf der Kuppe in Richtung Panormos. Der Ausblick war wie immer atemberaubend. Es war tatsächlich Mykonos´ schönster Strand. Und auch das kleine „Stadion" unten auf dem Parkplatz machte etwas her und war voll einsehbar – auch für einen Schützen.

Als Alex unten am Stadion ankam, wurde er fast erschlagen von dem Lärm. Warum wird jede Sportveranstaltung neuerdings von Musik begleitet, die weit jenseits von 120 Dezibel liegt? Und warum braucht es einen Sprecher, der aus jedem Ballgewinn schreiend ein epochales Ereignis macht? Offensichtlich lief gerade auch das Probetraining für Musik und Moderation. Es war kaum zum Aushalten.

Er setzte sich in die erste Reihe gegenüber der Anhöhe, um diese im Blick zu haben.

Angelos und Jose waren noch mit dem Einzeltraining beschäftigt. Später würden sie ein Testmatch gegen zwei bereits ausgeschiedene Spanier absolvieren.

Als Angelos Alex sah, winkte er mit fröhlichem Lächeln.

Das ist meiner, dachte Alex.

Und ich gebe ihn nicht mehr her.

Beim Anblick seines schwitzenden Ehemanns spürte Alex die ersten Anzeichen für eine Erektion.

Und wie es in solchen Situationen ist: just in dem Moment kam Angelos, um ihn zu begrüßen.

„Hallo, mein … Na, holla, ich hoffe, der Grund für die Beule bin ich und nicht die brasilianische Schönheit", sagte er lachend.

„Natürlich ist es wegen dir! Ich befürchte nur, beim Finale geht es anderen genauso!"

Angelos flüsterte Alex ins Ohr:

„Das ist der Preis, den man zahlen muss, wenn man einen schönen Ehemann hat. Der übrigens nur dich liebt."

Der Geruch seines Gatten raubte Alex wie immer den Atem. Angelos grinste.

„Ich soll hinterher nicht duschen, richtig?"

„Unter keinen Umständen" antwortete Alex.

Beim Trainingsspiel über zwei Sätze hatten Jose und Angelos keine Probleme. 15-6, 15-9. Aber es zeigte sich, dass Joses Ehrgeiz keine Grenzen kannte, Ging Angelos ein Ball daneben, wurde Jose ärgerlich. Er schien zu vergessen, dass Angelos ihm einen Gefallen tat und noch dazu Amateur war. Dabei spielte auch Jose den ein oder anderen schlechten Ball.

Am Ende des gewonnenen Spiels setzte er wieder sein Werbelächeln auf.

„Auf jeden Fall gehen wir am Sonntag nicht unter. Gut gemacht, Angelos."

„Ich glaube, fürs Gewinnen geht der über Leichen", sagte Angelos leise zu Alex.

Jose kam zu ihnen herüber und meinte:

„Gut. Jetzt musst du nur noch zum Tätowieren, Angelos"

„Zeige es nochmal!"

Es war eine goldene Krone auf dem Oberarm, das Logo des Casinos.

„Das ist das richtige Tattoo, oder?", fragte Angelos.

Jose schaute ihn entgeistert an.

„Glaubst du, ich lasse mir die 10.000 Euro durch die Lappen gehen? Natürlich ist das echt!"

„Alex, was meinst du?"

„Doch. Sieht an dir bestimmt gut aus."

„Die Kombination, wie besprochen?", fragte Angelos.

„Das wäre schön", antwortete Alex.

„Was für eine Kombination?" Jose schaute fragend.

„Neugier tötet", meinte Angelos, worauf Jose beleidigt von dannen zog.

„Hoffentlich bekomme ich im Alter keine Zellulitis, sonst wird aus der Krone ein Wackelpudding."

Alex lachte.

„Da passe ich schon auf. Hör zu. Es ist wohl am besten, wenn wir getrennt fahren und ich auch in der Stadt etwas Abstand halte."

„Findest du das nicht ein bisschen übertrieben?", fragte Angelos.

Es war keineswegs übertrieben.

Im Container für die Beschallung und Moderation saß Forlani. Er hatte das Trainingsspiel gesehen. Und ihm war klar geworden, dass er handeln musste.

„Und wenn Erics Tod doch ein natürlicher war? Aber warum sollte man sonst auf dich schießen? Sicher nicht wegen des 300.000-Euro-Gewinns. Das sind Peanuts für die!"
Angelos konnte Alex doch noch überreden, vor dem Tätowieren einen Espresso im „Da Vinci" an der Uferpromenade zu sich zu nehmen.
„Dort passiert mir bestimmt nichts. Im Übrigen bin ich mir nicht sicher, ob nicht du genauso ein Ziel sein könntest", sagte Angelos.
„Ich bitte dich. Der Schütze hat Dimitri mitten in den Kopf geschossen. Aus über 700 Meter Entfernung. Das war doch kein Versehen. Nein, du warst und bist das Ziel", antwortete Alex.
Dennoch gingen sie ins „Da Vinci".
„Das Geld ist es bestimmt nicht. Wenn jeder, der 300.000 Euro in einem Casino gewinnt, erschossen würde, gäbe es in Europa Tausende von Toten pro Jahr. Das holen die noch am selben Abend wieder rein. Nein, nein. Es muss mit dem Spiel zu tun haben. Aber ich komme nicht darauf. Sicher, das Casino ist Sponsor, aber da gibt es noch ein Dutzend andere", sagte Angelos.

„Von wegen ‚Superbulle‘", fügte er hinzu.

„Immerhin wissen wir von der Ballistik, dass es bei Dimitri eine SWV war, also ein russisches Modell, das in ganz Osteuropa verwendet wird", sagte Alex.

„Was mich nicht wirklich wundert. Die Investoren bei Casinos in Griechenland oder Zypern sind meistens Russen oder Ukrainer. Das bringt uns auch nicht weiter", antwortete Angelos.

„Na, ich geh dann mal. Du brauchst wirklich nicht den Bodyguard spielen, Alex. Außerdem dauert das bestimmt über eine Stunde. Fahr heim!"

Mit einem Kuss verabschiedete sich Angelos.

27

Angelos betrat „Kostas Tattoo-Hell".
Hoffentlich war der Name nicht wörtlich zu nehmen.
Beim Hineingehen wäre er beinahe mit einer jungen, Schwarzhaarigen zusammen-gestoßen, deren sichtbare Hautpartien fast vollständig tätowiert waren.
„Hui, ich glaube, ich bleibe noch ein wenig", sagte sie.
„Irini, das ist verlorene Liebesmühe, denn Herr Nikakis ist erstens verheiratet und zweitens nicht an Frauen interessiert", meinte der Inhaber.
„Das ist aber ein Verlust", antwortete Irini und ging hinaus.
„Kennen wir uns?", fragte Angelos Kostas.
„Nein, nein. Aber ich weiß, wer Sie sind. Zwei Kommissare, die verheiratet sind. Kommt nicht oft vor!"
Auch Kostas war an den Armen vollständig tätowiert. Den Rest mochte Angelos sich nicht vorstellen.
„Also, bereit? Richtiges Tattoo oder den Ink-Mist?"

„Schon ein richtiges. Aber zuerst hätte ich gerne einen Namen auf dem Unterarm innen", sagte Angelos.

„Wahrscheinlich den Namen Ihres Mannes! Dann müssen Sie sich eine Schrift aussuchen. Wie heißt er denn?"

„Alex!"

„Na, das dauert ja dann nicht so lange", sagte Kostas lachend.

Die Schriftsuche dauerte keine zwei Minuten. Angelos entschied sich immer schnell. Stundenlanges Debattieren hielt er schon immer für Zeitverschwendung. Und Debatten gab es bei Alex und Angelos kaum, denn sie waren sich fast immer einig. Aber nicht, weil Alex alles tat, was Angelos wollte, sondern weil sie tatsächlich gleicher Meinung waren.

„Gut, dann können wir ja anfangen. Sie wissen aber, dass es am Unterarm innen schmerzhaft ist. Jedenfalls mehr als auf der äußeren Seite."

„Gibt´s keine Spritze oder sowas?", fragte Angelos.

Kostas lachte, „Bedaure, nein!"

Dann setzte er an.

„Aua! Verflucht!"

Angelos rutschte auf dem Sitz nach hinten.

„Nun stellen Sie sich nicht so an. Als Kommissar haben Sie bestimmt schon Schlimmeres erlebt als eine Tätowierung. Und wenn Sie nicht stillhalten, wird Ihr Mann einen anderen Namen bekommen. Das wird ihm nicht gefallen", sagte Kostas und grinste.

Angelos brummte.

Er versuchte, sich auf etwas anderes zu konzentrieren.

Er schaute auf den Tisch neben seinem Stuhl.

Und dann begriff er, um was es bei den beiden Morden ging.

Alex würde sich freuen. Endlich kamen sie weiter.

„Himmel. Geht das nicht etwas sanfter?"

28

Alex war gerade zuhause angekommen, als sein Handy brummte. Er erschrak. Hoffentlich war nicht gerade in dem Moment etwas passiert, als er Angelos alleine ließ. Die Angst kroch hoch – und verflog, als er sah, dass es irgendeine Athener Nummer war.

„Eftaxias."

Die Pathologie. Was will die denn? Das Ergebnis der ballistischen Untersuchung haben wir doch schon?

„Alex. Ich rufe an, weil die toxikologische Untersuchung von Eric Young abgeschlossen ist."

Die hatte Alex komplett vergessen.

„Ihr hattet recht. Er ist ermordet worden." Doch die Freude hielt nicht lange an.

„Er wurde mit Botulinumtoxin vergiftet. Botulinumtoxin ist ein natürliches Nervengift, das heißt, dass es nicht chemisch hergestellt wird. Es wird von den Bakterien Clostridium botulinum ausgeschieden. In kleinen Dosen wird es in der plastischen Chirurgie verwendet. In höheren Dosen ist es tödlich, vor allem, wenn es vorher nicht mit Luft in Berührung kam."

„Dann muss es ihm doch injiziert worden sein. Ihr hättet eine Einstichstelle finden müssen. Aber da war keine", sagte Alex.

„Es gibt auch nicht DIE Einstichstelle. Es gibt zahlreiche, die man aber nicht sehen konnte.

„Und wieso, zum Teufel?"

„Weil alles subkutan ablief!", sagte Eftaxias.

„Sub ... was?", fragte Alex.

„Unter der Haut. Die Einstiche erfolgten mit einer Tätowierpistole. Der Mann wurde durch ein Tattoo getötet!"

Alex fiel das Handy aus der Hand. Angelos. Es war gut zwanzig Minuten her, als sie sich getrennt hatten.

Er rief auf Angelos´ Handy an – und hörte das Brummen hinter sich. Das Handy lag auf dem Küchentisch.

Ich komme niemals mehr rechtzeitig, dachte Alex.

Ich muss ihn da rausholen.

Die Polizei. Aber Jonas würde Angelos garantiert nicht retten. Zu groß war dessen Hass, weil Alex und Angelos seiner Meinung nach Schuld daran waren, dass er nicht Kommissar wurde. In Wahrheit wurde er es nicht, weil alle unisono wussten, dass Jonas schlicht zu dumm war.

Maria. Eine seiner früheren Mitarbeiterinnen.

„Polizei Mykonos".

„Hallo Maria. Hier Alex. Ich weiß, ich bin nicht mehr dein Chef, aber bitte tue einfach, was ich sage, ohne Fragen. Bitte renn so schnell es geht in die Gasse bei ‚Nikos Taverne". Dort ist ein Tattoo-Studio und Angelos sitzt darin. Er soll sofort da raus. Sofort. Es geht um Leben und Tod. Und um ein paar Minuten. Er wird mit der Tätowierpistole vergiftet. Locke ihn irgendwie raus. Mit irgendeiner Ausrede. Bitte renn los!"

„Schon unterwegs, Chef!"

Das „Chef" zeigte Alex, dass die meisten seiner ehemaligen Mitarbeiter immer noch loyal waren.

Maria würde rennen, was das Zeug hielt. Schaffte sie es noch rechtzeitig? Vielleicht hatte Angelos warten müssen. Er hoffte es. Für Angelos. Für sich.

29

Angelos saß mit einer vollkommen erschöpften Maria im „Da Vinci", deren Make-up durch den Schweiß verlaufen war.
„Dafür schuldest du mir etwas", sagte sie.
„Auf jeden Fall" antwortete Angelos.
„Solltest du nicht ins Krankenhaus?"
„Später. Viele Toxine können es nicht sein."
Er zeigte seinen Arm. Dort stand „ALE". Und von einer Krone war nichts zu sehen.
„Auf die Gefahr hin, dass du jetzt denkst, ich bin ein Weichei: es hat richtig weh getan. Und ich habe nach dem ‚E' aufgehört", sagte Angelos.
Maria lachte.
„Das wird Alex nicht freuen, dass das ‚L' fehlt!"
„Ich glaube, er freut sich sehr darüber, dass ich noch am Leben bin", entgegnete Angelos.
Sie sahen, wie Alex am Taxistand vorbei die Promenade entlanglief, nein, er rannte.
Ihm stand die nackte Angst im Gesicht.
Er liebt mich, dachte Angelos.
Alex sah ihn und blieb stehen. Er beugte sich nach vorne und stützte sich auf seinen Oberschenkeln ab. Dann ging er weiter und

drückte seinen Ehemann so fest wie seit ihrem ersten Tag nicht mehr.

„Wehe, du vergisst noch einmal dein Handy!"

„Wie wäre es mit: ‚Schön, dass du noch lebst, Angelos!'?"

„Hast du mein Gesicht nicht gesehen, als ich gerannt bin?", fragte Alex.

„Natürlich. Aber ich muss dir etwas beichten." Angelos zeigte seinen Unterarm mit dem Schriftzug „ALE". Alex musste lachen.

„Das ‚X' muss auf jeden Fall noch hin. Aber dafür gebe ich dir ein paar Monate. Gott, bin ich erleichtert. Ich dachte schon …"

„Ich sagte dir doch, du verlierst mich nicht. Danke", flüsterte Angelos Alex ins Ohr.

„Du könntest dich heute Nacht bedanken, mit besonderem Einsatz", antwortete Alex.

„Zeige ich den nicht immer?", fragte Angelos erstaunt.

„Natürlich. War nur ein Witz!"

„Na Gott sei Dank. Was machen wir jetzt mit dem Tätowierer?"

„Das Gift hat er längst entsorgt und die Pistole gereinigt. Dennoch sollten wir ihn in die Mangel nehmen. Aber dafür bin ich heute zu erschöpft. Maria, sag dem Hafen und dem Flughafen Bescheid, dass sie ihn nicht durchlassen."

„Ich denke nicht, dass das nötig ist. Das Problem wird sich auf eine andere Weise lösen. Ich glaube, ich weiß jetzt, worum es bei alldem geht. Aber ich muss zuhause erst noch ein paar Webseiten besuchen", ergänzte Angelos.

„Der Herr macht es also wieder einmal spannend", sagte Alex.

„'Superbulle' eben", antwortete Angelos und meinte es wie immer nicht ernst.

30

Doch zu den Recherchen kam es zunächst nicht. Kaum hatte Alex die Haustüre geschlossen, drückte er Angelos gegen die Wand und hatte seine Hände praktisch überall.

„Heiliger Gott! Deine Angst muss groß gewesen sein!"

„Gar kein Ausdruck". Er riss seinem Mann das Hemd vom Leib.

Wenige Augenblicke später hob Angelos Alex hoch und setzte ihn auf die Fensterbank.

Just in diesem Moment goss ihre Nachbarin, Frau Stavrakis, ihre Blumen.

Und Angelos winkte ihr fröhlich.

„Es ist ein tolles Gefühl zu wissen, dass man geliebt wird. Ich kannte das vor dir nicht", sagte Angelos, der Sensible. Der Echte.

Alex räkelte sich auf der Couch.

„Wenn ich bei jeder Rettung SO belohnt werde, mache ich das öfters!"

„Ich glaube, das nächste Mal bin ich mit Rettung dran", flüsterte Angelos.

„Sag mal, wollten wir nicht mal untersuchen lassen, warum du nach Pfirsich riechst? Eftaxias macht das bestimmt gerne!"

„Und wollten wir nicht untersuchen lassen, warum ich jedes Mal zwei Liter schlucken muss?", antwortete Angelos.

„Ja, wollten wir", knurrte Alex.

„Das machen wir, wenn das ‚L' zu ‚AXE' hinzukommt", sagte Angelos mit einem Grinsen.

„Und jetzt muss ich mich an den Computer setzen, erst das Vergnügen, dann die Arbeit."

31

Was für ein Weichling, dachte Kostas, der
Tätowierer. Dass jemand bei einem simplen
Namenszug (mit vier Buchstaben!) wegen der
Schmerzen abbricht, hatte er noch nie erlebt.
Was hätte der gemacht, wenn sein Mann
Konstantinos heißen würde?
So ist es mit Schönlingen, nichts dahinter.
Aber Kostas musste nun schnell reagieren. Die
benutzte Tätowierpistole war sauber, denn für
den Namenszug hatte er das Botolin nicht
benutzt. Viel zu wenig Stiche.
Er hatte es erst für die Krone, das Flächen-
tattoo vorgesehen. Und dieses Mal musste er
unbedingt aufpassen, dass keine Luft mit
hineingepresst wird. Das war ihm bei dem
ersten, Eric, passiert und die Wirkung hatte zu
früh eingesetzt.
Und ihm furchtbaren Ärger eingebracht.
Was sollte er jetzt tun? Der junge Schnösel
würde die Polizei rufen, auch wenn an deren
Spitze ein ausgewachsener Idiot saß.
Das Botolin musste auf alle Fälle sofort
entsorgt werden. Der nächste Termin wäre
erst in einer halben Stunde da. Genügend
Zeit.

Kostas hatte weniger Angst vor der Polizei, denn Nikakis hatte nichts im Körper und bei dem ersten hatten sie offensichtlich nichts gefunden, sonst wäre die Polizei schon hier gewesen.

Plötzlich hörte er ein Klingeln. Er ging nach vorne.

Als er den Mann erblickte, der hinter seinem Tresen war, wusste Kostas, dass es kein weiteres Tattoo geben würde.

Der Mann lächelte.

Zehn Minuten später saß Kostas auf seinem Tätowierstuhl, mit Tape an diesen gefesselt und trank – mehr oder wenig freiwillig – ein Glas Botulinumtoxin.

32

Als Alex zwanzig Minuten später nach unten kam, war der Küchentisch übersät mit Papier, auf dem nur Zahlen standen.

„Verrätst du mir, was in deinem Kopf vorgeht?", fragte Alex.

„Wenn du uns Espresso machst?"

Als die Tassen auf dem Tisch standen, fing Angelos an:

„Alex, wir waren blind. Es ging und geht um Wetten. Mir ging erst ein Licht auf, als ich bei dem Tätowierer die Wett-Zeitschrift auf dem Tisch liegen sah."

„Zwei Morde wegen einer Wette?", fragte Alex ungläubig.

„Nicht wegen einer. Wusstest du, dass das größte griechische Unternehmen an der Börse ein Wettanbieter ist?"

„Nein. Spricht nicht gerade für unsere Wirtschaft."

„Denk doch nur daran, wie viele Wettbüros es alleine auf dieser Insel gibt. Also ich komme auf sechs. Und das sind nur die legalen."

Stimmt. Sie sind mir nie aufgefallen, dachte Alex. Aber Wetten war schon immer ein beliebter Nationalsport.

„Ja, aber Beachvolleyball? Ich denke bei Wetten an Fußball, sonst nichts", sagte Alex.

„Du kannst auch wetten, wer der nächste Papst wird!"

„Aber der alte lebt doch noch!"

„Macht nichts. Dumm ist jetzt nur, dass ich in den Wettbüros anrufen muss, um die Quoten von vor dem Halbfinale zu bekommen. Die werden bestimmt mauern!"

Alex lächelte.

„Dann ruf bei Janis an und sag einen schönen Gruß von Alex. Er wird dir gerne helfen. Ich habe ihm einmal die Steuerfahndung vom Hals gehalten. Die Unterlagen habe ich aber behalten. Liegen zwar irgendwo im Polizei-archiv, braucht er aber ja nicht zu wissen!"

Angelos lachte laut auf.

„Wie ich deine Methoden liebe. Hätte ich das in Thessaloniki gemacht, wäre ich wegen Amtsmissbrauch im Gefängnis gelandet."

„Auf einer kleinen Insel geht das nicht anders. Jeder macht irgendwann etwas Illegales, nach zwanzig Jahren säße halb Mykonos im Gefängnis. Also macht man Deals, die aber letztendlich für Ruhe und Ordnung sorgen. Nun könnte man das auch Erpressung nennen, aber ich habe es immer nur bei

Ermittlungen eingesetzt und nie privat", erklärte Alex.

„Ach Alex, das weiß ich doch. Es war anerkennend gemeint. Du hast damit Fälle gelöst, bei denen ich gescheitert wäre", sagte Angelos. „Wäre es nicht überzeugender, wenn du bei diesem Janis anrufst?"

„Wenn du mir genau aufschreibst, was du wissen willst – kein Problem", meinte Alex.

„Siehst du, ohne dich läuft hier gar nichts. Und ich meine das ernst!"

Zehn Minuten später kam Alex aus dem Wohnzimmer zurück. Janis war wie erwartet sehr kooperativ, Aber Angelos´ Wünsche waren zahlreich und lagen in der Vergangenheit. Letztere ist in Wettbüros nicht von großem Interesse.

„Na, da habe ich aber einiges gelernt. Das ist ja unglaublich, was da für Summen unterwegs sind. Und das nur in einem Büro! Wo haben die das ganze Geld her?"

„Du meinst die Spieler? Ein richtiger Spieler verspielt einen großen Teil seines Gehaltes, das Haushaltsgeld seiner Frau, den Schmuck der Großmutter und er leiht sich Geld!"

„Du meinst ein Spieler wie du?", fragte Alex mit einem Lachen.

„Ich habe vier Runden Roulette gespielt und dann aufgehört. Ein richtiger Spieler wäre gierig geworden. Zum Glück für die Casinos!"

„Wenn du jedes Mal bei einem Casinobesuch so viel Geld gewinnst…"

„Das kann ich dir nicht garantieren. Du würdest mich grillen … Jetzt her mit den Zetteln."

Angelos studierte die Zahlenreihen und tippte auf dem Taschenrechner herum.

„Ich kann immer noch nicht glauben, dass wegen einer blöden Wette ein junger Mensch sterben musste", meinte Alex.

„Zwei. Eric war auch erst 29. Oder hältst du 29-jährige für alt? Überlege dir die Antwort gut", sagte Angelos mit schräg gehaltenem Kopf.

Alex wimmelte mit den Händen ab.

„Wie könnte ich. Ich bitte untertänig um Vergebung, mein Herr und Gebieter."

„Gewährt. Jetzt lass uns da weitermachen."

33

Angelos lachte laut.

„Schau her, Alex. Sehr viel Vertrauen hat man nicht in meine Fähigkeiten. Die Quoten für die Italiener liegen um 1,3. Für Jose und mich 8,1. Und dann haben sie auch noch meinen Namen falsch geschrieben. Nakikis.
Ich glaube, ich spinne!"

„Mit dem Namen hätte ich dich nicht geheiratet. Aber das hieße, wenn wir 10.000 auf euch setzen …"

 …bekämen wir 81.000 Euro, steuerfrei", ergänzte Angelos. „Aber damit ist wirklich nicht zu rechnen."

„Heißt aber, wer auf die Gegner, also die Italiener setzt, muss eine Riesensumme hinblättern."

„Klar. Mehr als 60.000!"

Angelos machte eine kleine Pause.

„Aber das ist nicht der springende Punkt, Alex. Es geht um Kombiwetten. Die Quote wird dann multipliziert und dann geht es noch um den Zeitpunkt.

Setz dich her. Nach dem Viertelfinale standen die Quoten für die letzten zwei Paarungen fest. Im Halbfinale hatten Eric und Jose 3,4, waren leichter Favorit. Wenn man aber auf

Gesamtsieger wetten wollte, hätte es 6,2 gegeben. Hätte man aber auf die Italiener gewettet, also dass Jose im Finale verliert, wäre die Quote 9,4."

„Ok. Wenn man also vorher wusste, dass Eric im Finale ausfällt und damit die Italiener kampflos gewinnen, hätte man ohne Risiko viel Geld gewonnen, richtig verstanden?", fragte Alex.

„Vollkommen richtig. Und mit den entsprechenden Summen lohnt sich dann schon ein Mord. Der aber nach Unfall aussehen muss, sonst wird die Wette annulliert. Deswegen der Aufwand mit der Tätowierpistole. Was ich nicht verstehe ist, dass es ja ein Computer-System gibt, das ungewöhnlich hohe Einsätze anzeigt und dem Wettbetreiber meldet", sagte Angelos.

„Wenn es Osteuropäer sind: dort gibt es genügend Hacker und außerdem kannst du die Einsätze über mehrere Leute und Länder verteilen."

„Und damit hast du recht. So muss es sein. Dass ich als Ersatz spiele, muss den Mörder komplett aus dem Konzept gebracht haben. Er hatte das Geld schon sicher. Jetzt hat er bestimmt noch einmal nachgeschossen und auf die Italiener gesetzt!"

Alex runzelte die Stirn.

„Bei einer Quote von 1,3 braucht er dafür eine Menge Geld."

„Die Gier, Alex. Und die Überzeugung, dass im Finale nichts passieren kann. Wenn aber doch, ist das ganze Geld futsch und ich wette, er hat sich einen Teil des Geldes geliehen. Seine Investoren werden sich bedanken!"

„Dann solltet ihr am Sonntag gewinnen."

Angelos seufzte.

„Das ist unmöglich. Die Quote zeigt es ja."

„Vielleicht denkst du an Dimitri. Und ich setze 10.000 auf euch!"

„Mein Alex spielt. Ich glaube es nicht. Aber du wirst lockerer. Freut mich."

„Ist ja von deinem Geld!", sagte Alex.

Angelos lachte. „Kein Problem."

34

Tickets verkaufen ist die eine Sache. Eine andere ist, dafür zu sorgen, dass die Zuschauer auch zum Veranstaltungsort kommen. Und daran hatte man nicht gedacht – oder es war den Organisatoren egal. Panormos liegt wunderschön, ist aber schwer zu erreichen. Kommen sich zwei Autos entgegen, wird es schwierig. Ist eines der beiden Fahrzeuge ein Bus – finito.

„Herrgott, ich hätte Kostas fragen sollen, ob er uns mit dem Hubschrauber hinfliegt", sagte Paul.

„Das wäre dann doch ein bisschen großkotzig. Entspann´ dich. Ohne uns können sie nicht anfangen, oder?", meinte Angelos.

„Du meinst, ohne dich. Ich spiele ja nicht!"

„Stimmt. Aber ohne Aufpasser würde ich nicht aufs Spielfeld gehen!"

Da drückte es Alex richtiggehend in den Sitz. Die Verantwortung. Wie sollte er gleichzeitig 5.000 Zuschauer und die umliegenden Hügel im Auge behalten?

Und Beachvolleyball mit Schussweste sähe auch etwas seltsam aus und dann das Hechten nach dem Ball …

Am liebsten wäre es Alex gewesen, Angelos hätte nicht zugesagt. Aber er kannte seinen Mann und er wusste, dass er Abwechslung brauchte. Sicher, Angelos würde das Detektivbüro schließen, um ihm, Alex, etwas Ruhe zu verschaffen. Aber es würde nicht gutgehen. Er würde sich langweilen und das ist das Ende jeder Beziehung. Alex hatte schon beschlossen, den Vorschlag, nur noch die Bar zu betreiben, fallen zu lassen. Lieber ein paar Kugeln um die Ohren als öde Abende zuhause und dazu noch ein nörgelnder Ehemann.

Uns Angelos würde sich freuen. Er brauchte Bestätigung. Nicht, weil er selbstverliebt war, sondern weil er im Inneren unsicher war und an sich selbst zweifelte. Aber das wusste wohl nur Alex.

Und so nahm Alex dieses dämliche Spiel hin und hoffte, dass nichts passieren würde. Nach dreißig Minuten im Schneckentempo erreichten sie endlich den Parkplatz.

Vor dem Container stand ein hektischer Jose, der hin und her lief. Daneben offensichtlich der Organisationschef, dessen Gesichtsfarbe ebenfalls leicht weiß war.

„Na endlich. Wo bleibt ihr denn?"

„Tja, wer glaubt schon, dass man von Ornos bis hierher eine Stunde braucht", sagte Angelos gelassen.

„Man hätte die Straße sperren und einen Busshuttle einrichten sollen", meinte Alex.

„Wer sind Sie denn?", knurrte der OK-Chef.

„Das ist der Polizeichef der Insel", entgegnete Angelos lächelnd. Das „ehemalig" ließ er weg.

„Komm endlich. Wir müssen uns wenigstens ein paar Minuten aufwärmen!"

35

Alex wählte einen Platz in der ersten Reihe,
die für die Sponsoren und VIPs vorgesehen
war.
Wie schon beim Testspiel, wurde Alex vom
Lärm fast erschlagen.
Musik und das Geschrei eines Speakers, der
zweifellos unter Drogen war.
Das ganze Rund machte eine La Ola nach
der anderen – ohne Alex.
Der saß da und suchte mit dem Fernglas die
Reihen nach verdächtigen Personen ab. Aber
in Strandkleidung sah wohl auch ein Schwer-
krimineller locker aus.
Das Einwerfen war beendet und die Spieler
wurden vorgestellt, mit einem Zinnober, als
würde der Messias erscheinen. Gut, für Alex
war Angelos der Messias.
Die Gegner, die haushohen Favoriten, waren
die Maldini-Brüder aus Rimini. Alex musste an
sich halten, um nicht zu lachen. Von Haut war
nicht mehr viel zu sehen, so viel Werbung
klebte an ihnen.

Vor dem ersten Ball sagte Jose zu Angelos:
„Den ersten Satz geben wir ab. Und zwar
deutlich. Dann wiegen sie sich in Sicherheit

und wir überraschen sie. Hauptsache, du bringst deine Aufschläge so ins Feld wie im Training."
Da Alex von der Absprache nichts wusste, war er schon etwas enttäuscht, als der erste Satz mit 25 zu 8 verloren ging. Gerade Jose hatte viele einfache Bälle schlicht versemmelt.

Im zweiten Satz sah das Ganze schon anders aus. Nach dem gewonnenen ersten Satz waren die Italiener wie Gockel über das Spielfeld gelaufen.
Jetzt stand es 7 zu 7 und auch Alex merkte, dass die Italiener verunsichert waren.
Angelos brachte seine Aufschläge genau in die hintere Ecke. Und auch Jose spielte wie verwandelt.
Als Angelos den Satzball zum 25-21 verwandelte, tobte die Arena. Der Heimvorteil zahlte sich aus. Immerhin spielte hier nicht nur ein Grieche, sondern sogar ein Insulaner, wenn auch ein neu hinzugezogener.
Allerdings war der Lärm für Alex kaum zu ertragen.
Er suchte mit dem Fernglas noch einmal die umliegenden Hügel ab. Nichts. Vielleicht waren seine Bedenken doch unberechtigt.

36

Es wurde immer lauter. Und das griechisch-
brasilianische Team surfte auf dieser Welle.
Die Gegner waren noch immer irritiert und
litten zudem unter der unsportlichen
Abneigung durch das Publikum. Hier war der
Underdog auf dem Weg zum Sieg und in der
Mannschaft spielte sogar ein Grieche.
Alex sah, dass Angelos langsam die Puste
ausging. An jedem anderen Tag hätte er sich
über die Sturzbäche an Schweiß gefreut.
Heute jedoch war es ein Zeichen dafür, dass
sein Mann nicht mehr lange durchhalten
würde, obwohl er schon fünf Flaschen Iso-
Getränk zu sich genommen hatte.
Da brummte Alex´ Handy. Eine SMS.
Es war Maria.
„Tätowierer tot aufgefunden. Wahrscheinlich
vergiftet."
Bestimmt Botolinwieauchimmer.
Tja, das kommt davon, dachte Alex ohne
jedes Mitleid.
Jose gewann den Aufschlag zurück.
Zwei Punkte waren es noch zum Sieg.
Doch die Italiener brachten den Aufschlag
zurück. Angelos legte Jose vor und der schlug

den Ball direkt an der Seitenlinie ins gegne-
rische Feld. Das Publikum tobte.
Doch die Italiener waren nur zwei Punkte
zurück.
Ehe sich Alex versah, brachte Angelos den
Aufschlag exakt ins Eck der Italiener.
Das Spiel war aus.
Jose und Angelos sprangen übers Feld und
umarmten sich. Die Stimme des Sprechers
überschlug sich.
Sofort löste Angelos sich von Jose und rannte
zu Alex.
„Vorsicht, ich bin klatschnass!", keuchte er.
„Als ob mir das nicht gefallen würde!",
antwortete Alex.
„Wir sehen uns nach der Siegerehrung. Und
dann will ich nur noch ins Bett!"
Angelos sollte ins Bett kommen, aber leider
auf der Intensivstation der Klinik.

37

Enzo Forlani saß in einer der Sponsoren-
kabinen und ihm war eiskalt. Er wusste, das
Spiel war vorbei. Dieser elende, verfluchte
Nikakis. Und seine brasilianische Schwuchtel.
Sie hatten es tatsächlich geschafft und das
Spiel gewonnen.

Wo sollte er das Geld herbekommen, dass er
sich im Casino „geliehen" hatte? Und im
Glauben an den sicheren Sieg der Maldinis
hatte er trotz der lausigen Quote noch einmal
nachgeschossen. Ein Zubrot hätte es sein
sollen.

Durch seine Wette vor dem Halbfinale hätte
er eine Quote von 9 zu 1 bekommen. 200.000
hatte er gesetzt, wären 1,8 Millionen gewesen.
Plus dem Gewinn aus der späteren Wette
knapp zwei Millionen.

Im wahrsten Sinne des Wortes in den Sand
gesetzt.

Und dieser Nikakis hatte die neun Leben einer
Katze. Es war nicht zu glauben. Entgeht dem
Schuss auf dem Parkplatz, dann der Vergif-
tung im Tattoo-Studio und spielt dann hier das
Spiel seines Lebens.

Verflucht.

Wie soll ich das Loch von 200.000 Euro stopfen, ohne dass die Herren Investoren es merken? Forlani hatte den dumpfen Verdacht, dass sie es schon wussten. Zu groß war der Überwachungsapparat im Casino, dessen Details selbst Forlani nicht verstand oder kannte.

Eine letzte Möglichkeit blieb: Den jungen Nikakis außer Gefecht setzen, irgendwann wäre dessen Glück aufgebraucht, dann wäre der Alte bestimmt Tage im Krankenhaus bei seinem geliebten Angelos. In der Zeit konnten er und Oleg das Haus der beiden auf den Kopf stellen, um die 350.000 zu finden, die der Schönling bei ihm gewonnen hatte. Auf die Bank hatten sie es bestimmt nicht gebracht. „Oleg. Wie besprochen! Los!"

Auch sein letzter Plan würde scheitern, aber ganz anders.

Eine halbe Sekunde später knickte Angelos auf dem Siegerpodest um und fiel dann nach hinten.

„Nein!" schrie Alex und rannte von seinem Platz in der vordersten Reihe zum Podest. Dahinter lag Angelos mit einer heftig blutenden Wunde am Oberschenkel. Und er war ohne Bewusstsein.

„Alle weg hier!", schrie er die Umstehenden an.

Er legte die Wunde frei, zog sein T-Shirt aus Und band das Bein ab. Die Arterie war gestreift oder getroffen.

„Wir brauchen einen Krankenwagen", rief Jose. Und Alex vergaß sich.

„Scheiß auf den Krankenwagen. Bis der kommt, ist er verblutet!"

Alex griff nach seinem Handy.

„Kostas? Ist dein Hubschrauber da? Wie lange brauchst du nach Panormos? In die Klinik! Ich weiß, es ist eine kurze Strecke. Ich zahle das Doppelte. Neben dem Stadion. Und beeil´ dich!

Aber er musste noch ein Telefonat führen.

„Maria! Hier Alex. Wieder ein ‚Frag-nicht'-Telefonat. Bitte lass die Straßen vor der Klinik sperren. Dort landet gleich ein Hubschrauber. Und die alte Papadopoulos soll ihre Zeitungen im Kiosk wegpacken! Danke!"

Wieso er jetzt gerade an den Kiosk dachte, wusste er nicht.

Noch immer lag Angelos ohne Bewusstsein am Boden. Die Lache wurde trotz Sand größer.

Es kann nicht sein.

Es darf nicht sein.

Die Klinik!

„Dimitriadis! Angelos ist angeschossen worden, die Arterie im rechten Bein ist getroffen. Ich habe das Bein abgebunden. Was kann ich sonst tun? Ok. Der Heli landet in ein paar Minuten vor der Klinik. Und bringt eure Autos weg!"

Und ausnahmsweise machte der Chefarzt keine blöde Bemerkung.

Alex legte sich neben Angelos, nahm dessen Kopf und streichelte ihn.

„Halt durch!" und leise ins Ohr:

„Du bist der schönste Mann der Insel!"

Da hörte man eine leise Stimme.

„Nur der Insel?"

Alex war erleichtert, auch wenn die Stimme schwach war. Er musste lachen und weinen zugleich.

„Sorry, ich muss stärker anziehen. Du verlierst zu viel Blut."

Das Aufstöhnen Angelos´ traf Alex mitten ins Herz.

Gott sei Dank war das Knattern des Hubschraubers zu hören. Die Fläche neben dem Stadion war groß genug, aber voller Sand.

„Angelos, wir müssen dich komplett zudecken!"

„Solange es noch nicht der Sargdeckel ist"´, sagte er lächelnd. Aber an den Augen sah man, dass er wegkippt.

Kostas kam auf ihn zu, mit einer Bahre.

Die hatte Alex komplett vergessen.

Sie trugen Angelos zum Hubschrauber.

Nur eine Minute später waren sie in der Luft.

Noch war die Angst um seinen Ehemann zu groß, als dass er Hass auf den Täter aufbauen konnte. Aber dieser Hass würde kommen und er würde dem Täter nicht bekommen.

Er würde dafür zahlen, egal, wie es ausgehen würde.

Er würde sterben, so oder so.

Am Ort des größten Verkehrsknäuels der ganzen Insel, dem Kreisverkehr nach Ano Mera, herrschte gähnende Leere.

Aber in den hinführenden Straßen war das Chaos ausgebrochen. Ohrenbetäubender Lärm durch das Gehupe. Wütend fuchtelnde Autofahrer.
Maria hatte ihren Job gemacht.

 In der Klinik lief die Not-Operation nun schon zwei Stunden. Dimitriadis schaute nicht sehr zuversichtlich aus.

„Die Arterie ist vollkommen zerfetzt. Ohne das Abbinden wäre er innerhalb von zehn Minuten verblutet. Aber er hat Unmengen Blut verloren."

„Sie machen mir Mut", sagte Alex resignierend.

Hätten sie nur die Finger von dem Detektiv-büro gelassen. Sie hätten wissen müssen, dass es nicht ohne Schießerei abgehen KANN. Und nun war Angelos schon zum zweiten Male das Opfer.

Alex schämte sich ein wenig, weil es bisher immer seinen Mann getroffen hatte.

Angelos´ Vorschlag, nur noch die Bar zu betreiben, hätte Alex nun gerne zugestimmt, aber dafür war es jetzt zu spät.

Was mache ich, wenn er stirbt? Ohne ihn kann ich nicht. Das denken zwar die meisten, die einen Ehepartner verlieren, aber es gibt keinen zweiten Menschen wie ihn.

Und schuld bin ich. Ich habe gewusst, dass die Gefahr von den Bergen droht, von der Anhöhe. Aber ich habe mich berauschen

lassen von dem Spiel – oder besser von Angelos´ Körper, obwohl er den nun wirklich schon bis ins Detail kannte.
Ich war nachlässig. Und muss jetzt den Preis dafür bezahlen. Oder besser gesagt: Angelos.

Dimitriadis kam in OP-Kleidung den Gang entlang.
„Er liegt im Aufwachraum. Dann kommt er aufs Zimmer und Sie können zu ihm. Ich denke, es sieht ganz gut aus. Der Bypass scheint zu funktionieren. Dennoch: er hat viel Blut verloren und eine Infektion durch den Sand und Dreck auf dem Spielfeld. Also noch nicht zu laut jubeln!"
Alex war dennoch erleichtert.

Sein Mann sah blass aus, als sein Bett herein-gefahren wurde.
„Er schläft noch immer, aber das ist bei großem Blutverlust nicht ungewöhnlich. Puls und Blutdruck sind normal. Er bekommt noch intravenös Antibiotika", sagte der Assistenzarzt.
„Äh, könnten wir ein zweites Bett haben?", fragte Alex.
„Wozu?"

„Damit ich mich danebenlegen kann, Sie unsensibler Knochensäger!"

40

„Gott, sind die zwei süß", sagte die Schwester leise.

„Von wegen süß", sagte Dimitriadis. „Die zwei sind Ausgeburten der Hölle. Was die mir schon für Leichen beschert haben …"

„Na, ich glaube nicht, dass Sie so verliebt schauen, wenn Sie neben Ihrer Frau liegen", gab die Schwester zurück.

„Ich darf doch sehr bitten!"

Insgeheim gab Dimitriadis der Schwester recht. Die Vorstellung mit seiner Frau in Löffelchenstellung aufzuwachen, war grauenhaft. Außerdem hätten die Arme gar nicht um seine Frau herumgereicht, so hatte sie zugelegt.

Mit dem Hochzeitgelübde scheint sich bei Frauen irgendwie im Gehirn eine Kalorienbremse zu lösen.

In der Nacht hatte Alex sein Zustellbett verlassen und war trotz Verkabelung und Infusionsschlauch bis zu seinem Mann vorgedrungen.

Als er Angelos in seinem Arm hielt, atmete Alex tief durch. Angelos atmete gleichmäßig. Und Alex genoss den Geruch seines Gatten. Kurzzeitig dachte er an den Schützen und was er mit ihm machen wird. Aber heute würde er nur Angelos´ Überleben in sein Gehirn lassen. Dann forderte der Tag seinen Tribut und Alex fiel in tiefen Schlaf.

„Soll ich sie wecken?", fragte die Schwester. „Um Gottes Willen. Keine fünf Minuten später fallen die übereinander her und demolieren die Einrichtung!"

„Na, von dem Jungen würde ich mich auch demolieren lassen", meinte die Schwester grinsend und übergab Dimitriadis den ausführlichen Laborbericht.

„Aber an Ihnen ist er nun mal nicht interessiert. Ach herrje!"

„Was ist denn?"

„Unser Patient hat einen viel zu hohen Dopamin- und Terosinspiegel!"

Dimitriadis schaute zunächst kritisch, dann begann er zu lachen.

„Na, das haben wir aber schnell wieder im Griff!"

„Wie denn?"

„Dafür, meine Liebe, sind Sie noch viel zu jung!"

41

Alex merkte, dass Angelos wach wurde.

„Guten Morgen, Großer!"

„Du bist schon wieder zu spät gekommen",
sagte Angelos.

„Es tut mir leid, ich war ein Idiot", meinte Alex
zerknirscht.

Angelos drehte sich um. Und er lächelte.

„Oh, du Dussel. Das war ein Scherz. Du hast
mich jetzt zum dritten Mal gerettet. Danke!"

„Zum dritten Mal?", fragte Alex.

„Am Tag unseres Kennenlernens, in dem
Folterhaus und jetzt. Mit dem Krankenwagen
hätte ich es nicht geschafft, ich wäre
verblutet. Sagt jedenfalls Dimitriadis."

„Ich kann dir gar nicht sagen ..." und Alex
versagte die Stimme.

„...wie sehr du Angst hattest, ich weiß. Ich
hätte nicht spielen sollen, du hattest recht. Ich
vergesse immer, dass du es ausbaden musst,
wenn ich mir etwas in den Kopf setze.
Aber ab jetzt wird alles ruhiger. Ich verspreche
es ... ach, und noch etwas!"

„Ja?"

„Könntest du bitte deine Finger da wegtun,
ich habe einen Katheter und der verträgt sich

nicht mit einer Erektion!", sagte Angelos grinsend.

„Oh. Entschuldigung. Kannst du dich eigentlich an irgendetwas erinnern?"

„Das letzte war der Schmerz im Oberschenkel nach dem Schuss. Ach, und irgendjemand sagte mir, ich sei der bestaussenste Mann der Insel!"

Alex lachte.

„Typisch, dass du dich gerade daran erinnerst!"

Dann brummte Alex Handy.

Ganz bestimmt nicht jetzt.

„Komm, geh ran", sagte Angelos.

Es war Maria.

„Was? Wo? Tot?"

„Was ist passiert?", fragte Angelos.

„Forlani. Verkehrsunfall. In der Steilkurve Richtung Ano Mera. Verbrannt. Kein Schaden!"

„Könntest du Maria nochmal anrufen und ihr sagen, die Pathologie soll die Lunge auf Hydroxid untersuchen?", sagte Angelos.

„Klar. Warum?"

„Wenn der Airbag ausgelöst wird, hat die dort sitzende Person Hydroxid in der Lunge. Wird kein Hydroxid gefunden …"

„… war das Opfer zum Unfallzeitpunkt bereits tot. Du denkst, Forlani war schon tot?"

„Aber ganz bestimmt. Er hat aus Sicht seiner Investoren wirklich alles verbockt. Und es würde mich nicht wundern, wenn er das Geld oder einen Teil davon beim Casino abgezwackt hat. Und das letzte, was die Eigentümer einer Spielbank wollen, ist negative Publicity! Da ist doch ein Unfalltod eine elegante Lösung. Etwas ganz anderes als ein Mord neben dem Casino!"

„Oh je, da hängen noch die Kabel aus den Weichteilen und trotzdem habe ich schon meinen ‚Superbullen' zurück!

„Bist du etwa nicht froh?", fragte Angelos.

„Du hast keine Ahnung, wie sehr", sagte Alex. Er hätte Forlani gejagt und getötet. Das hatte sich erledigt.

„Und damit brauchst du Forlani nicht zu jagen", meinte Angelos grinsend.

„Aber ich habe doch gar nichts gesagt", antwortete Alex.

„Dein Mann ist ein gutaussehender Superbulle und er kann deine Gedanken lesen! Und er liebt dich."

„Und er ist ein bisschen wehleidig", sagte Alex lachend.

Angelos schaute auf seinen Unterarm und das „ALE".
„Stimmt!"

42

Alex und Angelos lagen im Bett nach einem stressigen Tag. Angelos´ Entlassung aus der Klinik, Berichterstattung bei Richter Mantzaris, beim Bürgermeister, ihrem Quasi-Arbeitgeber. Endlich waren sie zuhause.

„Den nächsten Mord lassen wir ausfallen. Keinen Bock mehr", sagte Alex.

„Du möchtest immer noch, dass wir nur noch die Bar betreiben?", fragte Angelos.

„Angelos, frag mich das in zwei Wochen nochmal. Ich bin einfach leer im Kopf. Und wenn ich wieder klar denken kann, dann lass uns darüber reden. Ich habe nur die Sorge, dass es dir zu langweilig wird. Außerdem wäre es eine Verschwendung deiner Fähigkeiten. Ich weiß es schlicht nicht!" Angelos rutschte hinüber zu Alex.

„Du hast recht. Wir müssen es nicht jetzt entscheiden. Oder nein: ich überlasse es dir. Ich kann dir nicht dauernd zumuten, Angst um mich zu haben. Es macht dich kaputt. Und so ganz ungefährlich war es für dich auch nicht!", sagte Angelos.

Ja. Auch mir sind schon die Kugeln um die Ohren geflogen. Es war nicht sehr viel anders als früher. Zu der Zeit, als er noch Polizeichef der Insel war.

Der entscheidende Punkt lag neben ihm. Früher dachte er über die Gefahr nicht nach, jetzt war dieser Gedanke der erste.

Und die Furcht war nicht zu beschreiben. Diese Mischung aus verkrampftem Magen, Eiseskälte und Lähmung konnte kein Mensch aushalten.

„Es ist das erste Mal, dass ich in so einer Lage bin", sagte Alex. „Damit rechnen zu müssen, dass mein Partner stirbt. Bei meiner Frau habe ich mir das manchmal gewünscht, aber mehr als ein Beinbruch durch die Stöckelschuhe ist ihr nie passiert!"

Angelos lachte lauthals.

„Das ist aber nicht nett. Schließlich hast du sie betrogen! Aber lassen wir das. Ich will nicht, dass du noch mehr Sorgen hast, deswegen würde ich auf den Kick verzichten."

„Und ich bin mir nicht sicher, ob er dir nicht irgendwann fehlt. Mir vielleicht auch. Egal. Nicht heute!"

Angelos druckste ein wenig herum.

Plötzlich begann das Bett zu wackeln und unten aus der Küche war das Geräusch zerbrechender Gläser zu hören.

Angelos hielt sich instinktiv am Bettgestell fest.

„Was zum Teufel war denn das?"

Alex lächelte.

„Man nennt das Erdbeben. Das kennt ihr Festland-Griechen nicht. In der Ägäis rumpelt es andauernd, irgendeine Erdspalte. Ich meine, nicht erstaunlich, die meisten Inseln sind Vulkaninseln."

„Na bravo. Da wird man nicht erschossen, aber dann vom Dach erschlagen. Saubere Insel", antwortete Angelos.

„Keine Sorge. Das letzte schwere Beben ist über 200 Jahre her."

„Warum beruhigt mich das jetzt nicht?", war die eher rhetorische Frage.

„Du wolltest vorhin noch etwas sagen?", fragte Alex.

„Ja, äh, zwei Dinge. Hast du die 10.000 gewettet?"

Alex lächelte. „Natürlich. Das Geld liegt neben deinem Casinogewinn. Wir sollten uns einen Tresor zulegen und vielleicht ganz das Arbeiten aufhören."

„Dafür wird es nicht reichen", meinte Angelos. „Und das zweite?"

„Äh, ja, ich hatte heute früh noch ein Gespräch mit Dimitriadis. Er meinte, ich hätte viel zu hohe Dopamin- und Terosinwerte und das wäre auf Dauer gefährlich."

„Aha. Ich dachte immer, Dopamin wäre der Glücksbote?"

„In Maßen ja", antwortete Angelos.

„Und was darfst du jetzt nicht mehr essen?", fragte Alex unbedarft.

„Ich, äh, hm, wie soll ich es sagen? Ich darf eine Zeitlang nicht schlucken."

„Was heißt nicht schlucken?" Dann begriff Alex. „Oh!"

„Es ist einfach zu viel. Also nicht für immer, aber für ein paar Wochen", sagte Angelos. „Ich hoffe, du bist nicht enttäuscht!"

Alex lachte.

„Grundgütiger. Wenn das alles ist, was mir passiert!"

EPILOG

Heute ist nun der große Tag.

Er, Nikos, würde heiraten.

Dabei war er gerade 22 Jahre alt und fühlte sich alles andere als bereit.

Seine Zukünftige, Maria, war hübsch und nett, aber Liebe war definitiv nicht im Spiel.

Konnte es auch gar nicht sein.

Mit Grauen dachte Nikos an die Hochzeitsnacht. Er würde entweder Migräne als Grund anführen oder er könnte sich hemmungslos betrinken. Aber dann würde sich die Frage am nächsten Tag stellen.

Bisher konnte er sich Maria vom Hals halten.

Er sei religiös und könne nicht vor der Ehe.

Dabei hatte er es schon mindestens hundert Mal getan – und es war immer noch so schön wie am ersten Tag.

Wenn er daran dachte, wurde ihm warm ums Herz.

Aber es hatte keine Zukunft.

Nicht nur, weil sein Vater ihn erwischt hatte.

Und das war der eigentliche Grund für diese Hochzeit.

Vater wollte ihn auf den rechten Pfad führen.

Und damit Sünde und Schande tilgen.

Aber Gefühle waren nichts, für was man sich schämen musste. Das hatte Nikos mit zunehmendem Alter begriffen.

Wo immer die Liebe hinfällt, soll sie auch gedeihen dürfen. Und die anderen sollten sich um ihre eigenen verkümmerten Gefühle kümmern.

Er stand auf dem Balkon und resignierte.

Die Welt war nicht so.

Ich habe keine Wahl.

Ich sehe keinen Ausweg.

Unsere Liebe hat keine Zukunft.

Gefangen in seinen trüben Gedanken merkte er nicht, dass sich von hinten eine Gestalt näherte.

Dann schrie er es hinaus:

„Ich liebe Stefanos und er liebt mich!"

Dann fiel Nikos in die Tiefe.

Die Gestalt blickte nach unten.

Endlich.

Jetzt würde dieser Schatten verschwinden, der seit Jahren auf dieser Familie lastet.

Aufhören würde das Gerede der Leute.

Die Hochzeit würde ausfallen müssen, aber das wäre schnell vergessen.

Die Schande aber wäre geblieben.

Paul Katsitis – Die Bestie von Mykonos

Zwei Kriminalbeamte, Alexandros und Angelos, quittieren den Dienst und eröffnen gemeinsam auf Mykonos eine Bar. Nebenher betreiben sie eine kleine Privat-Detektei. Da die Polizei chronisch unterbesetzt ist, werden Alex und Angelos – wegen ihrer Erfahrung - regelmäßig hinzugezogen.
Mykonos ist in Aufruhr. Offensichtlich foltert, vergewaltigt und tötet ein Mann junge Touristen. Um ihn zu stellen, bleibt nichts anderes übrig, als dass Angelos den Lockvogel spielt – mit furchtbaren Konsequenzen ...

Paul Katsitis – Rache

Im Kloster Ano Mera auf Mykonos wird ein Priester tot aufgefunden, dessen Leiche übel zugerichtet ist. Es sieht nach einem Rachemord aus – doch wofür?

Paul Katsitis – Der-Sterne-Mord

Im besten Restaurant der Insel wird der Chefkoch, ehemals Leibkoch Gaddafis, mit durchschnittener Kehle aufgefunden. Ein schwieriger Fall für Alex und Angelos, zumal die eigene Familie mit beteiligt ist. Der Fall erfährt eine erstaunliche Wendung, als die beiden Ermittler erfahren, dass der britische Außenminister Mykonos besucht – auf dem Landsitz des griechischen Premierministers.

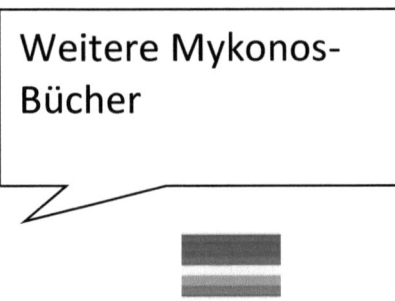

Weitere Mykonos-Bücher

MYKONOS LOVE STORY 1
Von Michael Markaris

Die brennende Gestalt taumelte und fiel mit einem Zischen zu Boden. Ein letztes Stöhnen und es war vorbei. Kommissar Paul Pandis steht vor einem Rätsel. Ein gewöhnlicher Buschbrand entpuppt sich als Doppelmord.
Doch Pandis hat noch ein Problem:
Er hat sich verliebt. In seinen Kollegen Angelos. Ein Coming-Out mit 53!
Sein Leben wird zur Achterbahn, aber auch zur glücklichsten Zeit seines Lebens.

MYKONOS LOVE STORY 2
Das Goldene Ei

High Society wie die Kunstwelt blicken nach Mykonos.
Ein bisher verschollen geglaubtes Zaren-Ei soll auf der
Insel ausgestellt werden.
Ein Sicherheits-Alptraum für Kommissar Paul Pandis.
Dennoch: zumindest keine Mordermittlung.
Zunächst.
Dann wird auf einer Yacht eine weibliche Leiche
gefunden.
Es ist Pandis´ Ex-Frau.
Und die war zuvor wenig begeistert davon, dass Pandis
nun mit einem Mann verheiratet ist.

MYKONOS LOVE STORY 3
Morgenröte über Mykonos

Er lag mit dem Rücken auf etwas und war gefesselt.
Was war hier los?
Ich bin doch nur ein Tourist?
Es muss ein Missverständnis sein.
Er konnte sich nur an einen Schlag erinnern.
Dann das große Nichts. Er hörte Schritte.
Chrysi Avgi, es lebe die Goldene Morgenröte!"
Dann hielt einer der Männer seinen Kopf hoch.

Der Andere rammte ihm zwei dünne, orthodoxe Gebetskerzen in die Nase.

Kommissar Pandis und die ganze Insel sind fassungslos angesichts zweier brutaler Morde. Die Spur führt ihn zur „Goldenen Morgenröte", einer rechten Splitterpartei. Und für Pandis und seinen jungen Ehemann Angelos wird es richtig gefährlich, denn als Schwule sind sie das „Hassobjekt No.1!"

MYKONOS LOVE STORY 4
Mykonos Speed

Gas Gas, Gas!
Der Motor röhrte.
Die Reifen qualmten.
Dann bekamen sie Grip.

Der Ferrari wurde immer schneller.
Passierte das Ortsschild.
Vor ihm der große Kreisverkehr.

Pedal, kein Druck, Erstaunen.
Pedal, kein Druck, Panik.
Dann flog er über das Geländer und krachte in das Denkmal.
8 Min 42 Sekunden von Ano Mera.
Das war neuer Rekord. Es war sein letzter.

Kommissar Paul Pandis und Ehemann Angelos halten es zunächst für einen Verkehrsunfall. Das Unangenehme:

Das Opfer ist der Sohn des Bürgermeisters. Doch der Wagen war gestohlen. Und es Ist beileibe nicht der erste verschwundene Ferrari auf der Luxus-Insel.

Und eine weitere schwere Prüfung steht Pandis bevor: Angelos´ Eltern kommen zu Besuch.

MYKONOS LOVE STORY 5
Rape

Angelos ertappt Paul bei einem vermeintlichen Seitensprung – ausgerechnet mit seinem Bruder Christos – und verlässt Paul.
Als sich herausstellt, dass sie Opfer einer Intrige wurden, wird Angelos´ Bruder tot aufgefunden.

Und Angelos wird als mutmaßlicher Mörder verhaftet. Ein sehr persönlicher Fall für Kommissar Paul Markaris, (früher Pandis), in dessen Verlauf er selber zum Opfer wird – einer Vergewaltigung.

MYKONOS LOVE STORY 6
Der rosa Leopard

Die beiden schwulen Ermittler Alex und Angelos nehmen die ersten Anzeichen nicht ernst. Doch als immer mehr Partygäste auf Mykonos Opfer einer neuen Superdroge werden, kommen sie den Händlern schnell auf die Spur. Problem: Es sind Libyer von unvorstellbarer Brutalität.

Zuvor muss das Ehepaar Markaris noch eine weit schlimmere Klippe meistern: nach einem Einsatz in Athen - bei einer Geiselnahme -begeht Angelos einen Seitensprung – mit einer Frau. Das große Glück scheint vorbei.

MYKONOS LOVE STORY 7

Fortsetzung des „Rosa Leoparden"

RÜCKKEHR DER LEOPARDEN

Noch immer sind Paul und Angelos, die beiden schwulen Ermittler aus Mykonos, hinter den libyschen Drogenhändlern her, die die Insel mit einer neuen Substanz überschwemmen. Und mit Folterdrohungen ganz Mykonos in Angst und Schrecken versetzen.
Doch dann wird Angelos entführt und gefoltert.

Als sich Paul auf die Suche begeben will, geschieht auf Mykonos ein Mord auf einem Kreuzfahrtschiff.
Was hat Priorität für Kommissar Markaris?
Natürlich sein Mann …

MYKONOS LOVE STORY 8
Crash – Absturz!

Beim Landeanflug auf Mykonos zerschellt ein Airbus. Ein Horror für Kommissar Alex Markaris und seinen Ehemann Angelos, denn wie sollen zwei Ermittler und drei Inselpolizisten eine solche Katastrophe bewältigen? Zumal im Laufe der Untersuchungen klar wird: es war kein Unfall.

Auch privat geht es bei den beiden turbulent zu: Angelos stürzt – Verdacht auf Schädel-Hirn-Trauma.

MYKONOS LOVE STORY 9
Der tote Pelikan

Auf Mykonos ist man entsetzt: das Maskottchen der Insel – der Pelikan Petros – wurde massakriert. Als Alex und Angelos, die beiden schwulen Ermittler, den Täter aufspüren, hat dieser sich schon erhängt. Es ist der 17-jährige Enkel des örtlichen Richters, der kurz zuvor Angelos seine Liebe gestand.
Als hätte Alex damit nicht schon genug am Hals: er hat auch noch Geburtstag und wird 54. Aber sein Ehemann, 28, zieht alle Register, um es keinen Trauertag werden zu lassen.

MYKONOS LOVE STORY 10
Photià-Feuer

Vor einem Beachclub findet man den Kopf des
Friedhofsgärtners von Mykonos.
Leicht zu transportieren, denkt Kommissar Alex Markaris.
Andererseits: wenig zu obduzieren.
Und dieser Mord kommt Markaris äußerst ungelegen.
Denn zwei Tage, nachdem er und sein Mann Angelos
in ihr gemeinsames Haus eingezogen waren, brannte
es ab. Angelos wäre beinahe ums Leben gekommen.
Und: es war Brandstiftung!

MYKONOS LOVE STORY 11
Der tote Archäologe

Paul und Angelos verschlägt es bei diesem Fall auf
die historische Nachbarinsel Delos. Dort wird ein
Archäologe erschlagen aufgefunden. Doch was
ist der Grund dafür? Ein spektakulärer Fund? Als
sich die Ermittler an die Täter herantasten, wird
auch noch Angelos´ Mutter entführt.

JENSEITS VON MYKONOS

von Sven M. Schlick

Es war vorbei.
Seine Füße begannen zu versagen.

Immer wieder Wasser. Salzwasser. Es rann die
Speiseröhre hinunter und brannte im Magen.
Sehen konnte er auch nicht mehr viel. Das
Salz brannte auch in den Augen.
Er merkte, dass er immer öfter unterging.
Wer hat mich verraten? WER?
Dann kam die Erkenntnis: Es ist egal. Denn Du
bist tot.

Kommissar Paul Pandis steht ratlos in einer
Kunstgalerie.
Auf einer Skulptur, einem blauen Stier, hängt
eine Leiche, der Galeriebesitzer.

Hinweise

OPKE ist die Spezialeinheit der griechischen Polizei.
In Griechenland unterstehen Polizei und Geheimdienst dem Militär.